## Dans la même collection

Kôbô Abé : *La femme des sables.*
Jorge Amado : *Les deux morts de Quinquin la Flotte.*
James Baldwin : *Si Beale Street pouvait parler.*
Mircea Eliade : *Minuit à Sérampore.*
Maxime Gorki : *Tempête sur la ville.*
J.-L. Herlihy : *Macadam cowboy.*
E.T.A. Hoffmann : *Nouvelles musicales.*
Yasushi Inoué : *Le fusil de chasse.*
Henry James : *L'autel des morts.*
Pär Lagerkvist : *La sibylle.*
Pär Lagerkvist : *La mort d'Ashaverus.*
Selma Lagerlöf : *La Légende de Gösta Berling.*
D.H. Lawrence : *Le renard.*
Luxun : *Journal d'un fou* suivi de *La véritable histoire de Ah Q.*
Katherine Mansfield : *La garden party.*
Carson McCullers : *Frankie Addams.*
Carson McCullers : *L'horloge sans aiguilles.*
Henry Miller : *Virage à 80* suivi de *Insomnia.*
Joyce Carol Oates : *Eux.*
Olivia : *Olivia.*
Arthur Schnitzler : *Mademoiselle Else.*
Arthur Schnitzler : *La pénombre des âmes.*
Isaac B. Singer : *Ennemies.*
Isaac B. Singer : *La corne du bélier.*
Isaac B. Singer : *Yentl.*
Junichiro Tanizaki : *Deux amours cruelles.*
Léon Tolstoï : *Un cas de conscience.*
Léon Tolstoï : *La mort d'Ivan Ilitch* suivi de *Maître et serviteur.*
Ivan Tourguenieff : *L'abandonnée.*
Ivan Tourguenieff : *Dimitri Roudine.*
Sigrid Undset : *Printemps.*
Sigrid Undset : *Jenny.*
Oscar Wilde : *De profundis.*
Angus Wilson : *Saturnales.*
Virginia Woolf : *La promenade au phare.*
Stefan Zweig : *Amok.*
Stefan Zweig : *La confusion des sentiments.*
Stefan Zweig : *Le joueur d'échecs.*
Stefan Zweig : *Vingt-quatre heures de la vie d'une femme.*

# Pension allemande

# Du même auteur
# aux Éditions Stock

FÉLICITÉ, préface de Louis Gillet.

LA GARDEN PARTY, préface d'Edmond Jaloux.

LA MOUCHE.

LETTRES, préface de Gabriel Marcel.

JOURNAL, introduction de J. Middleton-Murry.

Katherine Mansfield

# Pension allemande

Nouvelles

TRADUITES DE L'ANGLAIS
PAR CHARLES MAURON

*suivies de*

Nouvelles diverses

TRADUITES DE L'ANGLAIS
PAR M. FAGUER

Bibliothèque cosmopolite
Stock

*Titre original :*

IN A GERMAN PENSION
(Londres 1911)

# Avertissement

Le présent volume (première édition anglaise 1911) est composé d'un recueil de jeunesse *Pension Allemande* et de cinq nouvelles posthumes datant de l'époque de *La Garden Party* et du *Nid de Colombes,* qui n'avaient pas pris place dans *La Mouche.*

# PENSION ALLEMANDE

# ALLEMANDS A TABLE

On apporta sur la table une soupe de pain.

« Ah, dit le Herr Rat [1], en se penchant pour scruter l'intérieur de la soupière, voilà ce qu'il me faut. Depuis plusieurs jours mon « magen » ne va pas très bien. De la soupe de pain et solide à point ! Je suis bon cuisinier moi-même, ajouta-t-il en se tournant vers moi.

— Ah vraiment ! dis-je, en essayant de mettre dans ma voix un enthousiasme également à point.

— Oh oui ! Quand on n'est pas marié, c'est nécessaire. Pour ma part j'ai eu sans mariage tout ce que je voulais des femmes. » Il fourra sa serviette dans son col et souffla sur sa soupe tout en parlant. « A neuf heures, je me compose un breakfast anglais mais léger. Quatre tranches de pain, deux œufs, deux tranches de jambon

1. Monsieur le Conseiller.

froid, une assiettée de soupe et deux tasses de café — ce n'est rien pour vous. »

Il l'affirmait avec une conviction si véhémente que je n'eus pas le courage de le contredire.

Tous les regards, du coup, se tournèrent vers moi. Je sentis peser sur mes épaules le ridicule du breakfast national, moi qui le matin buvais une tasse de café en boutonnant mon corsage.

« Absolument rien, cria Herr Hoffmann de Berlin. Ach ! Quand j'étais en Angleterre je *mangeais* le matin. »

Il leva vers le ciel les yeux et la moustache, en essuyant des gouttelettes de soupe sur sa veste et son gilet.

« Mangent-ils vraiment tant que cela ? demanda Fräulein Stiegelauer. De la soupe et du pain et du porc, et du thé et du café et des fruits cuits, et du miel et des œufs, et du poisson froid avec des rognons, et du poisson chaud avec du foie ? Et toutes les dames mangent aussi, particulièrement les dames ?

— Certainement. Je l'ai remarqué moi-même quand je vivais dans un hôtel à Leicester Square, cria le Herr Rat. Bon hôtel, mais ils ne savaient pas faire le thé — euh...

— Ah ! voilà du moins une chose que je sais faire, dis-je avec un rire joyeux. Je sais faire du très bon thé. Le grand secret est de chauffer la théière.

— Chauffer la théière ? interrompit le Herr Rat en repoussant son assiette. Pourquoi donc chauffer la théière ? Ha, ha ! Elle est bien bonne ! On ne mange pas la théière, j'imagine ? »

Il fixa sur moi ses yeux froids et bleus avec une expression qui suggérait mille invasions préméditées.

« Ainsi tel est le grand secret de votre thé anglais ? Vous vous contentez de chauffer la théière ? »

Je désirai dire qu'il ne s'agissait là que du petit temps de galop préliminaire ; mais, incapable de traduire, je me tus.

La bonne apporta du veau avec de la choucroute et des pommes de terre.

« J'ai grand plaisir à manger de la choucroute, dit le Voyageur de l'Allemagne du Nord, mais j'en ai tant mangé que maintenant je ne peux plus la garder. Je suis immédiatement contraint de...

— Quel temps magnifique ! m'écriai-je en me tournant vers Fräulein Stiegelauer. Vous êtes-vous levée tôt ?

— A cinq heures j'ai marché dix minutes dans l'herbe mouillée. Puis de nouveau au lit. A cinq heures et demie je me suis endormie pour me réveiller à sept heures, et je me suis lavé tout le corps ! Encore au lit. A huit heures, un enveloppement d'eau froide, et à huit heures et demie une tasse de thé à la menthe. A neuf heures, j'ai bu un peu de café de malt et commencé ma cure. Passez-moi la choucroute, s'il vous plaît. Vous n'en mangez pas ?

— Non merci. Je la trouve un peu forte.

— Est-il vrai, demanda la Veuve en se curant les dents avec une épingle à cheveux, que vous soyez végétarienne ?

— Ma foi oui. Voici trois ans que je n'ai plus mangé de viande.

— Im-possible ! Avez-vous de la famille ?

— Non.

— Et voilà ! Vous voyez à quoi vous en arrivez. Qui pourrait songer à avoir des enfants en ne se nourrissant que de légumes ? Ce n'est pas possible. Mais vous n'avez plus de grandes familles en Angleterre maintenant ; j'imagine que vous avez trop à faire avec votre agitation de suffragettes. Eh bien ! moi, j'ai eu neuf enfants, et ils sont tous vivants, Dieu merci. De beaux gros bébés — quoique après la naissance du premier j'aie dû...

— C'est *merveilleux !* criai-je.

— Merveilleux ? dit la Veuve avec mépris en repiquant l'épingle à cheveux dans le chignon en équilibre au sommet de son crâne. Nullement ! Une de mes amies en eut quatre à la fois. Son mari fut si heureux qu'il donna un grand dîner et les fit placer sur la table. Naturellement elle était très fière.

— L'Allemagne, tonna le Voyageur, en mordant dans une pomme de terre piquée à la pointe de son couteau, est le refuge de la Famille. »

Un silence approbateur suivit.

On changea les assiettes pour le service suivant : bœuf, épinards et groseilles. Ayant essuyé leurs fourchettes sur du pain noir, ils repartirent.

« Combien durera votre séjour ici ? demanda le Herr Rat.

— Je ne sais pas exactement. Je dois être de retour à Londres en septembre.

— Naturellement vous allez visiter Munich.

— Je crains de n'en avoir pas le temps. Voyez-vous, il est important de ne pas interrompre ma cure.

— Mais il *faut* aller à Munich. On n'a pas vu l'Allemagne si on ne va pas à Munich. Toutes les Expositions, toute la Vie artistique et l'Ame de l'Allemagne sont à Munich. Il y a le Festival Wagner en août, et Mozart, et une collection d'estampes japonaises, et puis il y a la bière. On ne sait pas quel bienfait est la bière tant qu'on n'est pas allé à Munich. Chaque après-midi j'ai vu de grandes dames, mais de grandes dames, je vous assure, en boire des verres de cette hauteur. » Il indiqua la hauteur d'un bon broc et je souris.

« Si je bois beaucoup de bière de Munich,

je ne fais que transpirer, dit Herr Hoffmann. Ici, dans les champs ou avant le bain, je transpire, mais c'est agréable ; à la ville ce n'est pas du tout la même chose. »

Inspiré par cette pensée, de sa serviette il s'essuya le cou et le visage et soigneusement se nettoya les oreilles.

Une jatte de verre avec des abricots cuits apparut sur la table.

« Ah ! des fruits ! dit Fräulein Stiegelauer, c'est si nécessaire à la santé. Le docteur m'a dit ce matin que plus je pourrais manger de fruits mieux cela vaudrait. »

Elle suivit très évidemment l'indication.

Le Voyageur parla : « Je suppose que vous avez peur d'une invasion vous aussi, eh ? C'est bon, c'est bon. J'ai lu dans un journal tout votre jeu. L'avez-vous vu ?

— Oui. » Je me redressai. « Je vous assure que nous n'avons pas peur.

— Eh bien, vous devriez, dit le Herr Rat. Vous n'avez pas d'armée du tout — quelques petits garçons au sang empoisonné de nicotine.

— N'ayez pas peur, dit Herr Hoffmann, nous ne voulons pas l'Angleterre. Si nous l'avions voulue nous l'aurions depuis longtemps. Vraiment nous ne vous voulons pas. »

Il agita sa cuiller d'un air cavalier en me regardant à travers la table comme si j'étais un petit enfant qu'il pût retenir ou chasser à son gré.

« A coup sûr nous ne voulons pas l'Allemagne, dis-je.

— Ce matin j'ai pris un demi-bain. Et cet après-midi je dois prendre un bain de genoux et un bain de bras, intervint le Herr Rat. Puis une heure d'exercice et mon travail est fini. Un verre de vin, deux petits pains et quelques sardines... »

On fit passer une tarte aux cerises avec de la crème fouettée.

« Quel est le plat favori de votre mari ? demanda la Veuve.

— Je n'en sais vraiment rien, répondis-je.

— Vous n'en savez vraiment rien ? Depuis combien de temps êtes-vous mariée ?

— Trois ans.

— Mais vous plaisantez ! Vous n'auriez pas tenu sa maison une semaine sans être fixée là-dessus.

— Vraiment je ne le lui ai jamais demandé ; il n'a pas de manie culinaire. »

Silence. Tous me considérèrent en secouant la tête, la bouche pleine de noyaux.

« Il n'est pas étonnant qu'on voie se répéter en Angleterre l'épouvantable état de chose qui règne à Paris, dit la Veuve en pliant sa serviette. Comment une femme peut-elle espérer garder son mari si elle ne connaît pas son plat favori au bout de trois ans ?

— Mahlzeit !

— Mahlzeit ! »

Je fermai la porte derrière moi.

## LE BARON

« Qui est-ce ? dis-je. Et pourquoi s'assied-il toujours seul, et en nous tournant le dos, encore ?

— Ah ! murmura Frau Oberregierungsrat, c'est un baron. »

Elle me considéra avec beaucoup de solennité et cependant le moins de mépris possible — l'air « comment-n'avoir-pas-reconnu-cela-au-premier-coup-d'œil ».

« Mais il n'y peut rien, le pauvre homme, dis-je. Cette infortune ne saurait évidemment lui ôter tout droit au plaisir d'un commerce intellectuel. »

N'eût été sa fourchette, je crois qu'elle se fût signée.

« Evidemment vous ne pouvez comprendre. C'est un des plus hauts Barons. »

Plus qu'à demi énervée elle se détourna pour parler à la Frau Doktor à sa gauche.

« Mon omelette est vide, toute vide, protesta-t-elle, et c'est la troisième que j'essaie ! »

Je regardai, moi, le Premier des Barons. Il mangeait de la salade — il prenait toute une feuille de laitue sur sa fourchette et l'absorbait lentement, « lapinièrement » — fascinant spectacle.

Petit, menu, jaune de teint, la barbe et les cheveux noirs et clairsemés, il portait invariablement un costume de serge noire, une chemise de toile rude, des sandales noires et les plus grosses lunettes cerclées de noir que j'eusse jamais rencontrées.

Herr Oberlehrer qui me faisait face sourit avec bénignité.

« Ce doit être fort intéressant pour vous, gnädige Frau, de voir ainsi de près... bien sûr c'est ici une *excellente maison*. Il y avait ici l'été passé une dame de la Cour d'Espagne. Pour son foie. Nous parlions souvent ensemble. »

Je pris l'air à la fois enchanté et humble.

« En Angleterre, n'est-ce pas, dans vos « boarding house », on ne rencontre pas la Haute Classe comme en Allemagne.

— En effet, répliquai-je, toujours fascinée par le Baron qui ressemblait à un petit ver à soie jaune.

— Le Baron revient chaque année, poursuivit Herr Oberlehrer, pour ses nerfs. Il n'a adressé la parole à personne — *jusqu'ici.* » Un sourire traversa son visage. Je crus entrevoir quelque splendide bouleversement de ce silence — éblouissant échange de politesses dans un vague avenir, sacrifice fulgurant de quelque journal offert à cet Être Suprême contre un « danke schön » qu'on transmettra pieusement aux générations futures.

A cet instant, le facteur, avec une allure d'officier prussien, apporta le courrier. Il jeta mes lettres dans mon pudding au lait, puis se tourna vers une servante et murmura quelques mots. Elle disparut en hâte. La gérante de la pension revint avec un petit plateau. On y déposa une carte postale et la gérante, avec une respectueuse inclinaison de tête, s'en fut la présenter au Baron.

Pour ma part je me sentis désappointée de ne point entendre une salve de vingt-cinq coups de canon.

A la fin du repas, on nous servit le café. Je remarquai que le Baron prenait trois morceaux de sucre, en jetait deux dans sa tasse et enveloppait le troisième dans un coin de son mouchoir. Il entrait toujours le premier dans la salle à manger et en sortait le dernier. Sur une chaise, à son côté, il déposait un petit sac de cuir noir.

Dans l'après-midi, penchée à ma fenêtre, je le vis passer dans la rue, d'un pas nerveux, le sac à la main. A chaque réverbère il avait une petite contraction : crainte d'en être frappé ou, peut-être dégoût d'une contamination plébéienne...

Je me demandai où il allait et pourquoi il portait ce sac. Jamais je ne l'avais vu au casino ou au bain. Il avait l'air perdu ; ses pieds glissaient dans ses sandales. Je me surpris à m'apitoyer sur le Baron.

Ce soir-là, dans le salon, nous nous trouvâmes quelques-uns à discuter la « kur » de la journée avec une animation fiévreuse. La Frau Oberregierungsrat, assise à mes côtés, tricotait un châle pour la plus jeune de ses neuf filles, alors dans cet état très intéressant et fragile... « Mais cela doit marcher tout à fait bien, me dit-elle. La chère enfant a épousé un banquier — le rêve de sa vie. »

Nous devions former un groupe de huit ou dix. Nous autres, les femmes mariées, échangions des confidences sur les sous-vêtements et les caractères particuliers de nos époux, tandis que les célibataires discutaient de l'élégance extérieure et des fascinations particulières des prétendants possibles.

« Je les tricote moi-même, entendis-je crier à la Frau Lehrer, en laine grise épaisse. Il lui en faut une par mois avec deux cols souples.

— Et alors, murmura Fräulein Lisa, il me dit : « Vraiment vous me plaisez. Je vais peut-être écrire à votre mère. »

Rien d'étonnant que nous fussions assez « montées ».

Soudain la porte s'ouvrit et laissa entrer le Baron.

Un silence de mort tomba.

Il entra lentement, hésita, prit un cure-dents dans une soucoupe sur le piano et ressortit.

Aussitôt la porte close notre groupe poussa un cri de triomphe ! C'était la première fois, de mémoire d'homme, qu'il entrait au salon. Qui pouvait dire ce que l'Avenir nous gardait en réserve ?

Les journées se muèrent en semaines. Notre groupe tenait toujours, et toujours le petit personnage solitaire, la tête penchée comme sous le poids de ses lunettes, persistait à me hanter. Il entrait avec le sac noir, se retirait avec le sac noir — et c'était tout.

Un jour enfin la gérante nous dit que le Baron quittait la pension le lendemain.

Oh ! pensai-je, il ne va pas ainsi se fondre dans l'obscurité, s'évanouir sans une parole ! A coup sûr avant son départ il daignera honorer d'un mot la Frau Oberregierungsrat ou la Frau Feldleutnantswitwe.

Il pleuvait à verse ce soir-là. Je partis pour la poste. Comme j'hésitais sur le seuil, sans parapluie, avant de plonger dans le ruissellement de la rue, une petite voix hésitante parut sourdre de dessous mon coude.

Je jetai un regard vers le sol. C'était le Premier

des Barons avec son sac noir et un parapluie. Étais-je folle ? Avais-je mon bon sens ? Il me demandait de partager l'usage de ce dernier objet. J'affichai une politesse excessive, avec un rien de réserve et tout le respect adéquat. Ensemble nous partîmes dans la boue et l'averse.

Or, il y a quelque chose de particulièrement intime dans le fait de partager un parapluie.

Cela vous met à peu près sur le même niveau que cet autre fait de brosser la veste d'un homme — geste un peu osé, ingénu.

Je brûlais de savoir pourquoi il mangeait seul, pourquoi il portait ce sac, ce qu'il faisait tout le jour. Mais lui-même, de son plein gré, m'offrit quelques informations.

« Je crains, dit-il, que mes effets ne soient humides. Je porte toujours toutes mes affaires avec moi dans ce sac (on a besoin de si peu !). Car on ne peut pas se fier aux domestiques.

— Voilà qui est sage, répondis-je. Puis : Pourquoi nous avoir privés du plaisir...

— Je mange seul pour pouvoir manger davantage, dit le Baron en fouillant l'ombre du regard ; mon estomac demande une nourriture abondante. Je commande des portions doubles et je les mange en paix. »

Paroles hautement baroniques.

« Et que faites-vous tout le jour ?

— J'absorbe quelque aliment dans ma chambre,

répliqua-t-il sur un ton qui mettait fin à la conversation et trahissait presque un repentir du parapluie offert.

Notre arrivée à la pension provoqua presque une émeute.

Je franchis en courant la moitié de l'escalier et de l'étage, remerciai le Baron à voix haute.

Il répliqua distinctement :

« Ce n'est rien. »

Le Herr Oberlehrer eut l'extrême amabilité de m'envoyer un bouquet ce soir-là et la Frau Oberregierungsrat me demanda un patron pour un bonnet d'enfant !

. . . . . . . . . . . . . . . . . . . .

Le lendemain le Baron était parti.

*Sic transit gloria mundi germanique.*

## LA SŒUR DE LA BARONNE

« Deux nouvelles pensionnaires vont arriver cet après-midi, dit la gérante en m'avançant une chaise pour le petit déjeuner. Je viens juste de recevoir la lettre m'annonçant la nouvelle. La Baronne von Gall envoie sa petite fille — la pauvre enfant est muette — pour faire la cure. Elle doit rester avec nous un mois, puis la Baronne viendra elle-même.

— La Baronne von Gall! cria la Frau Doktor qui entrait à cet instant, le flair positivement éveillé par ce nom. Elle vient ici ? J'ai vu son portrait, il n'y a pas une semaine, dans *Sports et Mondanités*. C'est une amie de la Cour : j'ai entendu dire que la Kaiserin la tutoyait. Mais c'est délicieux ! Je vais consulter mon docteur et prolonger de six semaines mon séjour ici. Rien ne vaut la société des jeunes.

— Mais l'enfant est muette, risqua la gérante sur un ton d'excuse.

— Bah ! qu'importe ? Les enfants infirmes ont de si jolies manières ! »

Chacun des hôtes en entrant dans la salle à manger reçut la salve de ces étonnantes nouvelles. « La Baronne von Gall envoie ici sa petite fille ; la Baronne elle-même vient dans un mois. » Café et tartines prirent une apparence orgiaque. Nous scintillions positivement de joie. Mille anecdotes sur le Grand Monde furent versées, sucrées, sirotées; mille scandales sur les gens de Haute Naissance, généreusement beurrés, nous assouvirent.

« Elles auront la chambre à côté de la vôtre, dit la gérante en s'adressant à moi. Je me demandais si vous me permettriez de prendre le portrait de la Kaiserin Elisabeth qui domine votre lit pour le suspendre au-dessus de leur sofa.

— Mais oui, mais oui, voyons, cela donnera un air d'intimité à leur chambre — la Frau Oberregierungsrat me tapotait la main — et cela ne peut rien signifier pour vous. »

Je me sentis un peu froissée. Non point à la perspective de perdre cette vision de diamants et de velours bleu, mais du ton qui m'excluait de la communauté et me marquait comme étrangère.

Nous dissipâmes notre journée en raisonnables spéculations. D'un commun accord nous décidâmes qu'il faisait trop chaud pour une promenade l'après-midi ; nous restâmes donc allongées sur nos lits jusqu'à l'heure du café, qui nous rassembla en foule. Voici qu'une voiture s'arrêtait devant la porte. Une grande jeune fille en sortit, tenant une enfant par la main. Elles entrèrent dans le hall : on les accueillit, on les conduisit à leur chambre. Dix minutes plus tard la jeune fille redescendit avec l'enfant pour signer le registre. Elle portait une robe noire très ajustée ornée d'un fin plissé blanc au col et aux poignets. Sa chevelure brune tressée était maintenue par un nœud noir ; elle était d'une pâleur anormale avec un petit grain de beauté sur la joue gauche.

« Je suis la sœur de la Baronne von Gall », dit-elle en essayant sa plume sur une feuille de buvard et en nous adressant un sourire suppliant. Même aux plus blasés d'entre nous la vie réserve des moments d'émotion intense. Deux baronnes en deux mois ! La gérante quitta aussitôt la pièce à la recherche d'une plume neuve.

A mes yeux plébéiens, la petite infirme apparut singulièrement privée d'attrait : une pâleur lessivée, passée au bleu, et une chevelure comme de la laine grise. On l'avait habillée, d'ailleurs, d'un tablier d'écolière si roide d'empois qu'elle pouvait à peine nous glisser un regard par-dessus son col — une vraie barrière sociale de tablier — et peut-être ne pouvait-on pas attendre d'une si noble tante qu'elle consentît à l'examen terre-àterre des oreilles de sa nièce. Mais une nièce muette aux oreilles mal lavées me frappa comme un objet des plus déprimants.

On leur donna des places au haut bout de la table. Pendant un instant nous nous considérâmes tous, dans l'attente, apparemment, de quelque am-stram-gram pour adultes. Puis la Frau Oberregierungsrat prit la parole.

« J'espère que votre voyage ne vous a pas fatiguée.

— Non, dit la sœur de la Baronne en souriant dans sa tasse.

— J'espère que la chère enfant n'est pas fatiguée, dit la Frau Doktor.

— Pas du tout.

— Je pense, j'espère que vous dormirez bien cette nuit, dit respectueusement le Herr Oberlehrer.

— Oui. »

Le poète de Munich ne quitta pas le couple des yeux. Laissant sa cravate absorber la plus grande partie de son café, il les considérait avec énormément d'âme.

Il dételle Pégase, pensai-je. Oh ! spasmes agonisants de ses Odes à la Solitude ! Cette jeune femme offrait des possibilités d'inspiration, pour ne rien dire des chances de dédicaces, et, dès cet instant, la souffrance congénitale du poète empoignait son lit et marchait.

Les nouvelles venues se retirèrent après le repas, nous laissant parler d'elles à loisir.

« Il y a une ressemblance, rêva la Frau Doktor, très nette. Quelles manières ! Quelle réserve ! Et des façons si douces avec l'enfant.

— Dommage qu'elle doive s'occuper de l'enfant », s'écria l'étudiant de Bonn. Il avait jusqu'ici compté sur trois cicatrices et un ruban pour produire son effet, mais la sœur d'une baronne demandait davantage.

D'absorbantes journées suivirent. Si sa naissance avait été un rien moins magnifique, nous n'aurions pu supporter l'incessante conversation au sujet de la nouvelle venue, les hymnes à sa louange, le minutieux détail de ses mouvements. Mais elle souffrait gracieusement notre adoration et nous en étions plus que satisfaits.

Elle prit le poète pour confident. Il lui portait ses livres pendant nos promenades, faisait sauter l'infirme sur ses genoux — licence poétique — et un beau matin, apportant son carnet de notes au salon, nous en fit la lecture.

« La sœur de la Baronne m'a affirmé qu'elle allait entrer au couvent (à ces mots l'étudiant de Bonn sursauta). J'ai donc écrit ces quelques vers la nuit dernière, à ma fenêtre, dans la douce brise nocturne...

— Oh ! vous si *délicat* de la poitrine », commenta la Frau Doktor.

il fixa sur elle un œil de pierre et elle rougit.

« J'ai donc écrit ces vers :

Allez-vous enfermer dans l'ombre d'un couvent
Votre fraîche jeunesse ?
Sautez telle une biche afin qu'en vous les champs
Leur beauté reconnaissent. »

Neuf strophes également exquises commandaient à la sœur de la Baronne des actions également violentes. A coup sûr, si elle avait suivi ces conseils, le reste de sa vie dans un couvent ne lui aurait pas suffi pour reprendre haleine.

« Je lui ai fait présent d'une copie, dit-il, et aujourd'hui nous allons cueillir des fleurs sauvages dans les bois. »

L'étudiant de Bonn se leva et quitta la pièce. Je priai le poète de nous redire ses vers. Comme finissait la sixième strophe, je vis par la fenêtre la sœur de la Baronne et la jeune infirme franchir la grille et disparaître, ce qui me permit de remercier le poète avec tant de chaleur qu'il offrit de me recopier son œuvre.

Mais nous vivions ces jours à trop haute pression. Quittant soudain notre humble pension pour les murs altiers des palais, comment pouvions-nous éviter la chute ? A la fin d'un après-midi la Frau Doktor vint me rejoindre dans le salon de correspondance et me serra sur son sein.

« Elle m'a raconté toute sa vie, murmura-t-elle. Elle est venue dans ma chambre et m'a offert de me masser le bras. Vous savez que les rhumatismes font de moi la plus grande des martyres. Enfin, imaginez-vous qu'elle a déjà eu six offres de mariage. Des offres si magnifiques que j'en ai pleuré, je vous assure — toujours de la plus haute lignée. Ma chère, la plus belle lui fut faite dans un bois. Ce n'est pas que j'oublie qu'une offre de mariage devrait être faite dans un salon — quatre murs sont plus convenables — mais dans ce cas il s'agissait d'un bois privé. Il lui dit, le jeune officier, qu'elle était comme un jeune arbre dont les branches n'avaient jamais été effleurées par la main impitoyable de l'homme. C'est si délicat ! » Elle soupira et leva les yeux au ciel. « Naturellement, ce sont des choses difficiles à comprendre pour vous autres Anglaises qui exhibez toujours vos jambes sur des terrains de cricket et qui élevez des chiens dans vos arrière-jardins. C'est une pitié ! La jeunesse devrait être comme une rose sauvage. Pour moi, je ne peux comprendre comment les femmes de chez vous arrivent à se marier. »

Elle secoua si violemment la tête que je secouai aussi la mienne, cependant qu'une tristesse immense noyait mon cœur. En vérité nous paraissions être sur une mauvaise voie. L'ange du romanesque n'étendait-il ses ailes roses que sur l'aristocratique Allemagne ?

Je m'en fus dans ma chambre nouer une

écharpe rose sur ma chevelure et redescendis au jardin avec un volume des poèmes de Mörike. Un grand massif de lilas pourpre poussait derrière le pavillon. Je m'assis là, découvrant le sens le plus triste à cette délicate suggestion de demi-deuil, et je commençai moi-même à composer un poème.

Un songe langoureux les ploie
Cependant que ton bras m'enferme...

Je n'allai pas plus loin. « M'enferme » n'avait rien de fascinant. On pensait à une armoire. Traînais-je déjà ma rose sauvage dans la poussière ? Je mâchai une feuille et étreignis mes genoux. A cet instant — magique — j'entendis des voix dans le pavillon : la sœur de la Baronne et l'étudiant de Bonn.

Les objets d'occasion valent mieux que rien. Je tendis l'oreille.

« Quelles petites mains vous avez ! disait l'étudiant de Bonn. Elles sont comme des lis blancs posés sur l'étang de votre robe noire. » On n'aurait su mieux dire. Mais tout mon intérêt allait vers la réplique bien née qui devait suivre. Un simple murmure de sympathie.

« Puis-je prendre l'une d'elles ? »

J'entendis deux soupirs — approbatifs sans doute. Le brigand avait fait main basse sur les nobles fleurs de ces noires eaux.

« Voyez mes grands doigts à côté des vôtres.

— Mais ils sont fort soignés », dit timidement la sœur de la Baronne.

La péronnelle ! L'amour était-il une question de manucure ? « Comme j'adorerais vous voler un baiser ! murmura l'étudiant. Mais vous savez que je souffre d'un grave coryza ; je n'ose pas risquer de vous le passer. Seize fois, cette nuit, je me suis surpris à éternuer ! Trois mouchoirs ! »

Je jetai mon Mörike dans le massif de lilas et revins à la maison. Une grosse auto ronronnait au ralenti devant la porte. Grande émotion au salon. La Baronne rendait à l'improviste visite à sa petite fille. Enveloppée dans un mackintosh jaune, debout au milieu de la pièce, elle questionnait la gérante. Tout ce que la pension contenait de pensionnaires était massé près d'elle, même la Frau Doktor qui consultait apparemment un horaire, aussi près que possible des augustes jupons.

« Mais où est ma femme de chambre ? demanda la Baronne.

— Il n'y avait pas de femme de chambre, répondit la gérante, seulement votre gracieuse sœur et votre fille.

— Ma sœur ? cria-t-elle aigrement. Imbécile, je n'ai pas de sœur. Mon enfant était accompagnée par la fille de ma couturière. »

Grandissime tableau.

# FRAU FISCHER

Frau Fischer était la propriétaire fortunée d'une fabrique de bougies quelque part sur les rives de l'Eger ; une fois par an elle abandonnait ses travaux pour une cure à Dorschausen où elle arrivait avec une malle d'osier, proprement recouverte d'une housse noire, et un sac de voyage. Ce dernier contenait, parmi ses mouchoirs, son eau de cologne, ses cure-dents, et certain cache-nez de laine si douillet au « magen », des échantillons de son habileté dans l'art de couler les bougies qu'elle distribuait comme souvenirs à la fin de ses vacances.

Un après-midi de juillet, à quatre heures, elle apparut à la pension Müller. Assise sous la tonnelle, je la vis remonter l'allée d'un pas pressé, suivie par le portier à barbe rousse, la malle d'osier dans les bras et un tournesol aux dents. Le veuve et ses cinq chastes filles se tenaient sur le perron, groupées avec goût, en des attitudes diverses, accueillantes à souhait ; et les compliments se prolongèrent tant, et à voix si haute que j'en ressentis quelque chaleur sympathique.

« Quel voyage ! cria la Frau Fischer, et rien à manger dans le train — rien de solide ! Je vous assure que les parois de mon estomac battent l'une contre l'autre. Mais il ne faut pas que je gâche mon appétit pour le dîner — juste une tasse de café dans ma chambre. Bertha — elle se tourna vers la plus jeune des cinq — comme vous voilà changée! Quelle poitrine ! Frau Hartmann, je vous félicite. »

Une fois encore la Veuve serra les mains de Frau Fischer.

« Kathi aussi est une femme magnifique. Un peu pâle pourtant. Le jeune homme de Nuremberg est peut-être encore ici cette année. Je ne sais comment vous pouvez les garder toutes. Chaque fois je m'attends à vous trouver avec un nid vide. C'est surprenant. »

Alors Frau Hartmann, d'une voix honteuse, pleine d'excuses :

« Nous formons une famille si heureuse depuis la mort de mon cher époux !

— Mais pour des mariages — il faut être courageuse ; et, après tout, avec un peu de temps, ils arrivent tous à grossir l'heureuse famille — Dieu merci... Avez-vous beaucoup de monde en ce moment ?

— Plus une chambre vide. »

Suivit une description, détaillée commencée dans le hall, murmurée dans l'escalier, poursuivie à six voix dans la vaste chambre (fenêtres ouvrant sur le jardin) que Frau Fischer occupait chaque année. Je lisais les *Miracles de Lourdes* qu'un prêtre catholique — après avoir considéré d'un œil attristé l'état de mon âme — m'avait demandé de méditer ; mais ces prodiges étaient complètement mis en déroute par l'arrivée de Frau Fischer. Même les roses blanches sur les pieds de la Vierge ne pouvaient fleurir dans cette atmosphère.

« ... C'était une simple bergère qui paissait ses troupeaux par les champs... »

Voix dans la chambre au-dessus : « La cuvette a naturellement été récurée aux cristaux. »

« ... Misérable, ses membres à demi couverts de haillons... »

« Les moindres choses ont été exposées au soleil, dans le jardin, pendant trois jours. Nous avons fait nous-mêmes la descente de lit avec de vieux habits. Il y a un morceau de ce magnifique jupon de flanelle que vous nous avez laissé l'été passé. »

« ... L'enfant était sourde et muette ; en fait, elle était considérée par la population comme à demi idiote... »

« Oui, c'est un nouveau portrait du Kaiser.

Nous avons mis celui du Christ couronné d'épines dans le corridor. Ce n'était pas gai de dormir avec. Chère Frau Fischer, ne voulez-vous pas prendre votre café dehors dans le jardin ?

— Excellente idée, mais je dois d'abord quitter mon corset et mes bottines. Ah ! quel soulagement de remettre des sandales ! J'ai grand besoin de la cure cette année. Mes nerfs ! Je suis un paquet de nerfs. Pendant tout le voyage j'ai gardé mon mouchoir sur la tête, même quand le contrôleur demandait les billets. Je suis épuisée ! »

Elle arriva sous la tonnelle vêtue d'un peignoir à pois noir et blanc et coiffée d'une casquette de piqué blanc à visière de cuir verni ; Kathi suivait portant des petits pots bleus de café de malt. On nous présenta cérémonieusement l'une à l'autre. Frau Fischer s'assit, exhiba un mouchoir d'une propreté parfaite et en frotta sa tasse et sa soucoupe ; puis, soulevant le couvercle de la serveuse, elle en considéra le contenu d'un œil navré.

« Du café de malt, dit-elle. Ah ! les tout premiers jours, je me demande comment je puis le supporter. Bien sûr, quand on n'est pas chez soi, on doit s'attendre à un manque considérable de confort et à d'étranges nourritures. Comme je disais toujours à mon cher mari : avec un drap propre et une bonne tasse de café je puis être heureuse n'importe où. Mais aujourd'hui, avec des nerfs comme les miens, aucun sacrifice ne saurait m'arrêter. Mais de quoi souffrez-vous ? Vous paraissez jouir d'une excellente santé. »

Je souris et secouai les épaules.

« Ah ! voilà qui est si étrange chez vous autres Anglais. Vous paraissez ne prendre aucun plaisir à discuter des fonctions corporelles. Autant parler d'un train et refuser toute allusion à la machine. Comment comprendre les gens sans rien savoir de leur estomac ? Pendant la plus grave maladie de mon mari... les cataplasmes... »

Plongeant un morceau de sucre dans son café elle le regarda se dissoudre.

« Cependant, une de mes jeunes amies qui est allée en Angleterre pour l'enterrement de son frère, m'a dit que, dans les restaurants, les femmes portaient des corsages tels qu'aucun garçon ne pouvait s'empêcher d'y plonger son regard en servant la soupe.

— Seulement les garçons allemands, dis-je. Les garçons anglais regardent par-dessus votre tête.

— Là ! cria-t-elle. Vous voyez à quel point vous dépendez de l'Allemagne. Vous ne pouvez même pas trouver chez vous de bons garçons de restaurant.

— Mais je préfère qu'ils regardent par-dessus ma tête.

— Et cela prouve que vous devez avoir honte de votre corsage. »

Je promenai mon regard sur le jardin plein de plantes grimpantes et de rosiers standard, raides comme des bouquets allemands, avec le sentiment que peu m'importait une chose ou l'autre. J'avais plutôt envie de demander à Frau Fischer si sa jeune amie était allée en Angleterre à titre de garçon pour servir le repas de funérailles, mais décidai que cela n'en valait pas la peine. Le temps était trop chaud pour s'abandonner à la malignité, et qui aurait pu manquer de charité, se sachant victime des battements stomacaux que Frau Fischer devrait endurer jusqu'à six heures et demie ? Le ciel récompensa ma tolérance : nous vîmes s'avancer vers nous, dans l'allée, le Herr Rat angéliquement vêtu de soie blanche. Lui et Frau Fischer étaient de vieux amis. Elle rassembla les plis de son peignoir et lui fit place sur le petit banc vert.

« Comme vous paraissez frais, dit-elle, et s'il m'est permis de faire cette remarque, quel magnifique costume !

— Je le portais sûrement l'été passé quand vous étiez ici. J'ai rapporté la soie de Chine et l'ai passée en contrebande à la douane russe en me l'enroulant autour du corps. Et il y en avait ! Deux longueurs de robe pour ma belle-sœur, trois costumes pour moi, un manteau pour la femme de charge de mon appartement à Munich. Ce que j'ai pu transpirer ! On a dû la laver jusqu'au dernier centimètre.

— Vous êtes sûrement l'homme d'Allemagne qui a eu le plus d'aventures. Quand je pense à votre séjour en Turquie avec ce guide ivre qui fut mordu par un chien enragé et roula au fond d'un précipice dans un bassin d'essence de rose, je déplore que vous n'ayez pas écrit un livre.

— Le temps... le temps... Je rassemble quelques notes. Et maintenant que vous êtes ici, nous reprendrons nos petites conversations paisibles après le souper. Entendu ? Il est nécessaire et agréable pour un homme de se détendre de temps à autre en compagnie des femmes.

— Comme je comprends cela ! Même ici vous menez une vie trop intense — vous êtes si recherché, si admiré ! Il en était de même avec mon cher mari. C'était un grand bel homme et quelquefois, le soir, il descendait dans la cuisine et me disait : « Femme, j'aimerais être stupide deux minutes. » C'est en lui tapant sur la tête que je lui procurais son plus grand repos. »

La chauve caboche du Herr Rat, étincelant au soleil, semblait symboliser une triste absence de femme.

J'en vins à me demander quelle était la nature exacte de ces paisibles petites conversations d'après souper. Comment pouvait-on jouer les Dalila avec un Samson si déplumé ?

« Herr Hoffmann, de Berlin, est arrivé hier, dit le Herr Rat.

— Je refuse toute conversation avec ce jeune homme. Il m'a dit l'an passé qu'il avait logé en France dans un hôtel où l'on n'avait pas de serviette de table : quel endroit ! En Autriche, les cochers mêmes ont des serviettes. J'ai entendu aussi qu'il discutait de « l'amour libre » avec Bertha pendant qu'elle balayait sa chambre. Je ne suis pas accoutumée à une telle compagnie. Je l'avais soupçonné depuis longtemps.

— Jeunesse ! répondit le Herr Rat avec bienveillance. J'ai eu plusieurs disputes avec lui — vous les avez entendues, n'est-ce pas ? dit-il en se tournant vers moi.

— Un grand nombre de disputes, dis-je en souriant.

— Vous aussi, sans doute, vous me jugez rétrograde. Je ne fais pas mystère de mon âge ; j'ai soixante-neuf ans ; mais vous avez sûrement observé qu'il lui était même impossible de dire un mot quand j'élevais la voix. »

Je répondis du ton le plus convaincu et, rencontrant le regard de Frau Fischer, je compris soudain que je devais rentrer à la maison pour écrire quelques lettres.

Il faisait sombre et frais dans ma chambre. Un

châtaignier poussait des branches vertes contre la fenêtre. Je considérai le sofa de crin qui flétrissait avec tant d'évidence l'immoralité des femmes qui osent se coucher en pelote, tirai l'édredon rouge sur le parquet et m'allongeai. J'avais à peine trouvé une position confortable que la porte s'ouvrit et Frau Fischer entra.

« Le Herr Rat avait son bain à prendre, dit-elle en fermant la porte. Puis-je entrer ? Ne bougez pas, je vous en prie. Vous avez l'air d'un petit chat persan. Maintenant dites-moi quelque chose de vraiment intéressant sur votre vie. Quand je fais de nouvelles connaissances, je les presse comme des éponges. Et d'abord — vous êtes mariée.

J'admis le fait.

— Donc, chère enfant, où est votre mari ?

Je dis qu'il était capitaine de vaisseau et qu'il faisait un long et périlleux voyage.

— Comment vous laisse-t-il ainsi, si jeune et sans défense ?

Elle s'assit sur le sofa en agitant vers moi un doigt mutin.

— Admettez donc que vous lui cachez vos voyages. Car quel homme voudrait permettre à une femme ayant cette chevelure miraculeuse d'errer dans des pays étrangers ? Supposez que vous perdiez votre bourse à minuit dans un train bloqué par les neiges dans la Russie du Nord ?

— Mais je n'ai pas la moindre intention... commençai-je.

— Je ne dis pas cela, mais quand vous avez quitté votre cher époux, je suis sûre que vous n'aviez pas la moindre intention de venir ici. Ma chère enfant, je suis une femme d'expérience et je connais le monde. Tandis qu'il est au loin, une fièvre brûle votre sang. Votre cœur empli de tristesse vole chercher quelque réconfort dans ces terres étrangères. Chez vous, vous ne sauriez supporter la vue de ce lit vide — c'est comme un veuvage. Depuis la mort de mon cher époux je n'ai jamais connu une heure de paix.

— J'aime les lits vides, protestai-je d'un ton endormi en tapotant l'édredon.

— Ceci ne peut être vrai parce que ce n'est pas naturel. Chaque épouse devrait sentir que sa place est au côté de son mari — endormi ou éveillé. Il est clair que le plus fort de tous les liens ne vous lie pas encore. Vous verrez quand deux menottes se tendront au-dessus de l'océan, vous verrez quand, rentrant au port, il vous apercevra avec l'enfant à votre sein !

Je m'assis très roide :

— Je considère la maternité comme la plus ignominieuse des professions, dis-je.

Il y eut un moment de silence. Puis Frau Fischer se pencha et me saisit la main.

— Si jeune, souffrir si cruellement ! murmura-t-elle. Il n'y a rien qui aigrisse une femme comme d'être laissée sans un homme, surtout si elle est mariée, ce qui lui interdit d'accepter les attentions des autres — à moins que, malheureusement, elle ne soit veuve. Bien sûr je sais que les officiers de marine sont soumis à de terribles tentations et aussi inflammables que les ténors — mais voilà pourquoi, précisément, vous devez avoir un aspect gai, énergique, afin qu'il soit fier de vous quand son bateau rentrera au port. »

Ce mari que j'avais créé pour la satisfaction de Frau Fischer devenait entre ses doigts un personnage si substantiel qu'il me fallait renoncer à m'imaginer assise sur un roc, avec des algues dans la chevelure, attendant ce vaisseau-fantôme pour lequel toutes les femmes aiment à croire qu'elles meurent de désir. Je me voyais plutôt poussant une voiture d'enfant sur la passerelle et comptant les boutons qui manquaient à l'uniforme de mon mari.

« Des brassées de bébés, voilà ce qu'il vous faut en vérité, rêva Frau Fischer. Alors, comme père de famille, il ne peut plus vous quitter. Songez à sa joie émerveillée quand il vous verrait ! »

Le plan me parut quelque peu risqué. Apparaître soudain avec des brassées de bébés étrangers n'est pas, d'ordinaire, l'acte le plus propre à soulever l'enthousiasme dans le cœur du mari britannique moyen. Je décidai de naufrager ma vierge imagination et de l'envoyer au fond des abîmes, quelque part au large du cap Horn.

A cet instant le gong du dîner sonna.

« Montez dans ma chambre après le repas, dit Frau Fischer, j'ai encore tant de choses à vous demander. »

Elle me pressa la main, mais je ne pressai pas la sienne.

# FRAU BRECHENMACHER ASSISTE A UN MARIAGE

Quelle histoire pour être prête ! Après le souper, Frau Brechenmacher fourra au lit quatre des cinq enfants et permit à Rosa de rester près d'elle pour l'aider à astiquer les boutons de l'uniforme de Herr Brechenmacher. Puis elle déplissa au fer chaud la meilleure chemise de son époux, cira ses souliers et mit un point ou deux à sa cravate de satin noir.

« Rosa, dit-elle, va chercher ma robe et suspends-la devant le poêle pour faire tomber les faux plis. Et souviens-toi qu'il faudra surveiller les enfants, ne pas te coucher plus tard que huit heures et demie et ne pas toucher à la lampe — sinon tu sais ce qui t'arrivera.

— Oui, maman, dit Rosa qui à neuf ans se sentait assez vieille pour manœuvrer un millier de lampes. Mais laisse-moi veiller, le « Bub » peut s'éveiller et réclamer du lait.

— Huit heures et demie ! dit la Frau. Je te le ferai dire par ton père, d'ailleurs. »

Rosa abaissa les deux coins de sa bouche.

« Mais... mais...

— Voici ton père. Va dans la chambre me chercher mon mouchoir de soie bleue. Tu pourras mettre mon châle noir pendant mon absence — là ! »

Rosa tira le châle des épaules de sa mère et en enveloppa soigneusement les siennes en nouant les deux bouts derrière son dos. Après tout, songea-t-elle, si elle devait se coucher à huit heures et demie, elle garderait le châle. Cette résolution la réconforta totalement.

« Eh bien ! où sont mes habits ? cria Herr Brechenmacher tandis qu'il suspendait derrière la porte son sac de facteur vide et faisait tomber, en tapant du pied, la neige de ses souliers. Rien de prêt, naturellement, et tout le monde est déjà au mariage. J'ai entendu la musique en passant. Qu'est-ce que tu fais donc ? Tu n'es pas habillée ? Tu ne peux pas y aller comme ça.

— Voilà tes affaires, toutes prêtes sur la table, et de l'eau chaude dans la bassine. Trempes-y ta tête. Rosa, donne la serviette à ton père. Tout est prêt sauf le pantalon. Je n'ai pas eu le temps de le raccourcir. Il te faudra en rentrer le bas dans tes souliers jusqu'à notre arrivée là-bas.

— H'm ! dit le Herr. On n'a pas la place de se

tourner ici. J'ai besoin de la lumière. Habille-toi dans le couloir.

S'habiller dans le noir était un jeu d'enfant pour Frau Brechenmacher. Elle agrafa sa jupe et son corsage, fixa son foulard autour du cou avec une magnifique broche où pendillaient quatre médailles de la Vierge, puis enfila son manteau et son capuchon.

« Viens ici me serrer cette boucle », cria Herr Brechenmacher. Debout au milieu de la cuisine, il se gonflait avec complaisance et les boutons de son uniforme brillaient avec cet enthousiasme que seuls des boutons officiels peuvent atteindre. « Suis-je bien ?

— Magnifique ! » répondit la petite Frau en luttant avec la boucle de la ceinture ; elle lui donna le dernier coup, tirant d'ici, poussant de là. « Rosa, viens voir ton père. »

Herr Brechenmacher arpenta la cuisine ; puis on l'aida à mettre son manteau et il attendit que la Frau ait allumé la lanterne.

« Enfin, nous y sommes ! Bien.

— La lampe, Rosa ! » avertit la Frau en faisant claquer derrière eux la porte de la rue.

Il n'avait pas neigé de tout le jour; le sol glacé était aussi glissant qu'une patinoire. La Frau n'avait pas mis le pied dehors depuis des semaines et cette journée l'avait tellement étourdie qu'elle se sentit empêtrée, stupide — il lui semblait que

Rosa venait de la jeter dehors et que son homme fuyait devant elle.

« Attends ! Attends-moi ! cria-t-elle.

— Non. Je me mouillerais les pieds, tu n'as qu'à te dépêcher. »

Le chemin devint plus facile quand on entra dans le village. On pouvait s'accrocher à des barrières et de la gare à la Gasthaus on avait fait un petit sentier de cendres pour les invités de la noce.

La Gasthaus avait un air de grande fête. Toutes les fenêtres étaient illuminées et des guirlandes de sapin pendaient des corniches. Des branches décoraient les portes d'entrée larges ouvertes et, dans le hall, l'hôtelier clamait sa supériorité en bousculant les servantes qui couraient sans cesse de côté et d'autre avec des verres de bière, des plateaux chargés de tasses et de soucoupes et des bouteilles de vin.

« Au premier étage, au premier étage ! tonna l'hôtelier. Laissez vos manteaux sur le palier. »

Herr Brechenmacher, écrasé par ce grand style, en oublia si complètement ses droits de mari qu'il demanda pardon à sa femme de l'avoir coincée contre la rampe dans ses efforts pour passer le premier.

Les collègues de Herr Brechenmacher le saluèrent d'une acclamation lorsqu'il franchit le seuil de la Festsaal et la Frau arrangea sa broche et croisa les mains, prenant l'air de dignité qui convient à la femme d'un postier et à la mère de cinq enfants. En vérité la Festsaal était une splendeur. Trois longues tables étaient groupées à une extrémité, le reste ayant été déblayé pour la danse. Les lampes à pétrole qui pendaient du plafond répandaient une lumière brillante et chaude sur les murs décorés de fleurs en papier et de guirlandes, et une lumière plus brillante et plus chaude encore sur les visages rouges des invités dans leurs plus beaux habits.

Au haut bout de la table centrale trônaient la mariée et le marié, elle, en robe blanche ornée de rubans et de nœuds de couleur, ce qui lui donnait l'apparence d'une bombe glacée, toute prête à être découpée et servie en jolis petits morceaux au marié à côté d'elle. Celui-ci portait un costume blanc, beaucoup trop grand pour lui, avec une cravate de soie blanche à mi-hauteur de son col. Groupés autour du couple, avec tout le respect dû aux dignités et aux préséances, étaient les parents et la famille; à droite de la mariée une petite fille, en robe de mousseline froissée avec une guirlande de myosotis pendant sur l'oreille, était perchée sur un tabouret. Tout le monde riait, parlait, secouait des mains, choquait des verres, tapait du pied, cependant qu'une odeur de bière et de sueur emplissait l'air.

Frau Brechenmacher, en traversant la pièce derrière son mari après les salutations aux époux, eut le sentiment qu'elle allait bien s'amuser. Elle eut l'impression de s'épanouir ; elle devint toute rose et sentit une bonne chaleur l'envahir en humant ces familières odeurs de fête. Quelqu'un tira sa robe : abaissant le regard, elle vit Frau Rupp, la femme du boucher, qui lui avançait une chaise vide et lui demandait de s'asseoir près d'elle.

« Fritz ira vous chercher de la bière, dit-elle. Ma chère, votre jupe est défaite dans le dos. Nous n'avons pas pu nous empêcher de rire quand vous traversiez la salle avec la tache blanche de votre jupon qui passait.

— Quelle horreur ! dit Frau Brechenmacher qui se laissa tomber sur la chaise en se mordant les lèvres.

— Là ! c'est fini maintenant, dit Frau Rupp en étendant ses mains grasses sur la table et considérant ses trois bagues de deuil avec une intense satisfaction ; mais il faut prendre garde, surtout à un mariage.

— Et un mariage comme celui-ci, cria Frau Ledermann qui était assise de l'autre côté de Frau Brechenmacher. Mais comment Thérésa a-t-elle osé amener cette enfant avec elle ? C'est sa propre fille, savez-vous, ma chère, et elle va vivre avec eux. J'appelle ça un péché contre l'Église, qu'une bâtarde assiste au mariage de sa propre mère. »

Les trois femmes considérèrent la mariée qui demeurait immobile, un petit sourire vide sur les lèvres : ses yeux seuls bougeaient, promenant un regard gêné d'un côté à l'autre de la salle.

« Et ils lui ont donné de la bière avec ça, murmura Frau Rupp, avec du vin blanc et une glace. Ça n'a jamais eu d'estomac ; sa mère aurait dû la laisser à la maison. »

Frau Brechenmacher se tourna pour regarder la mère de la mariée. Elle ne quittait pas sa fille des yeux mais plissait son front brun comme un vieux singe et, de temps à autre, hochait la tête avec beaucoup de solennité. Ses mains tremblaient en soulevant la chope et, quand elle avait bu, elle crachait sur le parquet puis, sauvagement, s'essuyait les lèvres avec la manche. A cet instant l'orchestre attaqua : elle suivit Thérésa des yeux, jetant des regards soupçonneux à tous les hommes qui dansaient avec elle.

« De la gaieté, ma vieille ! beugla son mari en lui donnant une bourrade dans les côtes ; nous ne sommes pas à l'enterrement de Thérésa. »

Il cligna de l'œil vers les invités qui éclatèrent d'un gros rire.

« Mais je suis gaie », marmonna la vieille, et elle se mit à frapper la table du poing, au rythme de la musique, pour prouver qu'elle n'était pas étrangère aux réjouissances.

« Elle ne peut pas oublier les incartades de

Thérésa, dit Frau Ledermann, et qui pourrait les oublier — avec cette enfant ? On m'a dit que dimanche soir Thérésa avait eu une crise de nerfs et déclaré qu'elle n'épouserait jamais cet homme. Il a fallu lui amener le prêtre.

— Qui était l'autre ? demanda Frau Brechenmacher. Pourquoi ne l'a-t-il pas épousée ? »

La femme haussa les épaules.

« Parti, disparu. C'était un voyageur ; il n'est resté que deux nuits chez eux. Il vendait des boutons de chemise — je lui en ai même acheté quelques-uns — de magnifiques boutons d'ailleurs — mais quel porc ! Je ne vois pas ce qui pouvait l'attirer chez une fille si grossière — mais on ne sait jamais. Sa mère dit qu'elle est chaude comme le feu depuis l'âge de seize ans ! »

Frau Brechenmacher considéra sa bière et souffla un petit trou dans la mousse.

« Ce n'est pas ainsi qu'on devrait se marier, dit-elle. C'est contraire à la religion d'aimer deux hommes.

— Je lui promets du bon temps avec celui-ci, s'écria Frau Rupp. Il logeait chez moi l'été passé et j'ai dû me débarrasser de lui. Il ne changeait pas de linge une fois en deux mois et quand je lui parlais de l'odeur de sa chambre il me disait qu'à coup sûr ça devait monter du magasin en dessous. Ah ! chaque épouse porte sa croix. N'est-ce pas, ma chère ? »

Frau Brechenmacher aperçut son mari à la table voisine, au milieu de ses collègues. Il buvait beaucoup trop, elle le savait — il gesticulait très fort et projetait en parlant une pluie de postillons.

« Oui, approuva-t-elle, c'est bien vrai. Ces jeunes filles ont beaucoup à apprendre. »

Coincée entre ces deux femmes grasses et vieilles, la Frau n'avait aucun espoir qu'on vînt l'inviter à danser. Elle regardait les couples tournoyer sans arrêt ; elle en oublia ses cinq enfants et son mari et se crut presque redevenue jeune fille. La musique était triste et douce. Ses mains rugueuses maintenant se nouaient et se dénouaient dans les plis de sa robe. Tandis que la musique continuait, elle n'osait plus regarder les gens en face et elle souriait avec un petit tremblement nerveux au coin de la bouche.

« Mais pardieu! cria Frau Rupp, ils ont donné un morceau de saucisse à la gosse de Thérésa. C'est pour la faire tenir tranquille. On va offrir un cadeau maintenant — c'est votre mari qui va parler. »

Frau Brechenmacher se raidit sur sa chaise. La musique cessa et les danseurs reprirent leurs places autour des tables.

Herr Brechenmacher seul restait debout, une grosse théière en argent dans les mains. Tout le monde s'esclaffa à son discours, sauf la Frau ;

l'on fit une ovation à ses grimaces et à la façon dont il offrit la théière au couple de mariés en la tenant sur sa poitrine, comme un petit enfant.

La mariée souleva le couvercle, jeta un coup d'œil et, rabattant vivement le couvercle avec un petit cri, s'assit en se mordant les lèvres. Le marié lui arracha le pot des mains et en sortit un biberon et deux petites bercelonnettes contenant des bébés de porcelaine. Alors il fit mine de bercer ces trésors devant Thérésa, et une énorme houle de rire sembla faire osciller la salle surchauffée.

Frau Brechenmacher ne trouva pas cela drôle. Elle promena un regard fixe sur les visages hilares qui l'entouraient et soudain ils lui parurent tous étrangers. Elle eut envie de rentrer chez elle pour n'en jamais plus sortir. Elle avait la sensation que tous ces gens riaient d'elle — tous ces gens et d'autres encore, beaucoup plus qu'il n'y en avait dans la pièce — tous se moquaient d'elle parce qu'ils étaient tellement les plus forts.

. . . . . . . . . . . . . . . . . . . .

Le retour se fit sans un mot. Herr Brechenmacher marchait devant à grands pas tandis qu'elle trébuchait derrière. Blanche et déserte la route s'étirait, de la gare à leur maison. Une froide bouffée de vent rejeta en arrière le capuchon de la Frau et soudain elle se souvint de leur marche vers la maison la première nuit. Maintenant ils avaient cinq enfants et le double d'argent ; mais...

« A quoi bon tout ça ? » murmura-t-elle. Ce fut seulement à la maison, après avoir préparé pour son mari un petit souper de pain et de viande, qu'elle cessa de se poser cette question stupide.

Herr Brechenmacher émietta le pain dans son assiette, le roula avec sa fourchette dans la graisse et se mit à manger gloutonnement.

« C'est bon ? demanda-t-elle les bras appuyés sur la table et la poirine couchée sur les bras.

— Épatant. »

Il prit un morceau de croûte, le frotta sur le bord de son assiette et le tendit vers les lèvres de sa femme. Elle secoua la tête.

« Pas faim, dit-elle.

— Mais c'est un des meilleurs morceaux, avec tout plein de gras ! »

Il nettoya l'assiette puis quitta ses souliers et les jeta dans un coin.

« Pas fameux, le mariage ! dit-il en étendant les jambes et en agitant les orteils dans ses chaussettes reprisées.

— N-non », répliqua-t-elle. Elle ramassa les souliers et les mit à sécher sur le four.

Herr Brechenmacher bâilla, s'étira puis la regarda avec un sourire.

« Tu te souviens, la nuit où nous sommes rentrés chez nous ? Tu étais innocente, pour ça oui !

— Bah! Il y a si longtemps que j'ai oublié. »
Si elle s'en souvenait !

« J'ai reçu une fameuse gifle sur l'oreille... Mais j'ai eu vite fait de te dresser.

— Oh ! ne te mets pas à bavarder. Tu as bu trop de bière. Viens te coucher. »

Il se renversa sur sa chaise, secoué de rire.

« Tu ne m'as pas dit ça, ce soir-là. Dieu, le boulot que tu m'as donné ! »

Mais la petite Frau saisit la bougie et passa dans la pièce voisine. Les enfants étaient tous profondément endormis. Elle tâta le matelas du bébé pour voir s'il était toujours sec puis se mit à dégrafer son corsage et sa jupe.

« C'est toujours la même chose, dit-elle, c'est partout et toujours la même chose. Mais, Dieu du ciel, que c'est bête ! » Alors, même le souvenir du mariage s'évanouit. Elle s'allongea sur le lit et lorsque Herr Brechenmacher entra en titubant, elle cacha de son bras son visage, comme une enfant qui s'attend à être battue.

# L'AME MODERNE

« Bonsoir, dit le Herr Professor en m'écrasant la main. Quel temps merveilleux ! Je reviens à l'instant d'une promenade en compagnie, dans le bois. Je leur ai joué du trombone. Vous savez, ces pins font au trombone un excellent accompagnement. Ils soupirent avec délicatesse sur un fond de force soutenue, comme j'en ai fait un jour la remarque dans une conférence sur les instruments à vent à Francfort. Voulez-vous me permettre de m'asseoir à côté de vous, sur ce banc, gnädige Frau ? »

Il s'assit en tirant de sa poche dans la basque de sa redingote un paquet enveloppé de papier blanc.

« Des cerises, dit-il avec une inclinaison de tête et un sourire. Rien ne vaut les cerises pour vous faire saliver après avoir joué du trombone, surtout après le *Ich Liebe Dich* de Grieg. Les *forte* soutenus sur *Liebe* en mettent la gorge à sec comme un tunnel. En voulez-vous ? Il secoua le sac vers moi.

— Je préfère vous les regarder manger.

— Ah ah ! » Il croisa les jambes fourrant le sac de cerises entre ses genoux pour garder les deux mains libres. « D'un point de vue psychologique je conçois votre refus. C'est votre délicatesse féminine innée qui vous fait préférer les sensations éthérées... Peut-être aussi vous souciez-vous peu de manger les vers. Toutes les cerises contiennent des vers. J'ai fait jadis, avec un de mes collègues à l'Université, une expérience fort intéressante. Nous avons mordu dans quatre livres des meilleures cerises sans découvrir un seul spécimen qui n'ait pas de ver. Mais que voulez-vous ? Comme je le lui ai fait remarquer ensuite — la chose, mon cher ami, revient à ceci : si l'on veut satisfaire ses désirs naturels, on doit être assez fort pour ignorer les faits naturels... La conversation ne vous paraît pas trop pédante ? J'ai si rarement le temps ou l'occasion d'ouvrir mon cœur à une femme que je puis aisément me fourvoyer. »

Je tournai vers lui un regard plein d'intérêt.

« Voyez cette grosse-là, cria le Herr Professor, elle fait presque une bouchée à elle seule; elle est assez belle pour la suspendre à une chaîne de montre. » Il mâcha longuement et cracha le noyau à une distance incroyable, à travers l'allée, jusque dans la corbeille de fleurs. Il était visiblement fier de cet exploit. « Que de fruits j'ai mangés sur ce banc ! soupira-t-il ; des abricots, des pêches, des cerises. Un jour, la corbeille deviendra verger et je vous permettrai d'y faire la cueillette à votre gré sans exiger de rétribution. »

Je montrai de la reconnaissance, sans excitation trop vive.

« Ceci me rappelle, — et il se toucha du doigt l'aile du nez, — que le gérant de la pension m'a présenté ce soir, après le dîner, ma note hebdomadaire. C'est presque incroyable et à coup sûr vous n'allez pas me croire : il m'a compté un supplément pour le misérable petit verre de lait que je prends au lit chaque soir contre l'insomnie. Naturellement je n'ai pas payé. Mais voici le tragique de l'histoire : à coup sûr le lait aura perdu pour moi sa vertu somnifère ; la paix de mon esprit, en ce qui le concerne, est complètement détruite. Je sais que je m'énerverai à essayer de sonder un tel manque de générosité chez un homme aussi riche que le gérant d'une pension. Pensez à moi ce soir — il écrasa le sac vide sous son talon — songez à ma souffrance quand votre tête tombera endormie sur votre oreiller. »

Deux dames apparurent sur le perron au bras l'une de l'autre et s'arrêtèrent pour contempler le jardin. L'une vieille et décharnée, presque entièrement habillée de perles noires, avec un réticule de satin ; l'autre jeune et mince, en robe blanche, ses cheveux blonds ornés avec beaucoup de goût de pois de senteur mauves.

Le Professeur rentra les pieds sous le banc, redressa sa taille et tira le bas de son gilet.

« Les Godowska, murmura-t-il. Les connaissez-vous ? La mère et la fille, de Vienne. La mère souffre de douleurs internes et la fille est actrice. Fräulein Sonia est une âme très moderne. Vous la trouveriez, je crois, très sympathique. Elle est forcée de veiller sur sa mère maintenant. Mais quel tempérament ! Un jour, sur son album d'autographes, j'ai donné d'elle cette définition : « Une tigresse avec une fleur dans la crinière ! » Voulez-vous m'excuser ? Peut-être les persuaderai-je de vous être présentées.

— Je monte dans ma chambre, dis-je. Mais le Professeur, en se levant, agita vers moi un index mutin :

— Là, me dit-il, nous sommes amis et je vais donc vous parler très franchement. Elles jugeraient, je pense, un peu « marquant » que vous vous retiriez dans la maison à leur approche, après être restée assise seule ici, avec moi, au crépuscule. Vous connaissez la malice du monde. Oui, vous la connaissez aussi bien que moi. »

Je haussai les épaules, remarquant du coin de l'œil que pendant le discours du Professeur les Godowska s'étaient traînées vers nous à travers l'allée. Le Herr Professor en se redressant les trouva en face de lui.

« Bonsoir, chevrota Frau Godowska. Un temps inouï. Cela m'a donné un vrai commencement de rhume des foins. » Fräulein Godowska ne dit rien. Elle fondit sur une rose du verger embryonnaire puis, d'un geste magnifique, tendit sa main au Herr Professor. Il me présenta.

« Voici la petite amie anglaise dont je vous ai parlé. Elle est l'étrangère à notre foyer. Nous avons mangé des cerises ensemble.

— Comme c'est charmant ! soupira Frau Godowska. Ma fille et moi vous avons souvent observée par la fenêtre de notre chambre. N'est-ce pas, Sonia ? »

Sonia, d'un coup d'œil intérieur et spirituel, contempla ma forme extérieure et visible, puis daigna répéter pour moi son geste magnifique. Nous nous assîmes tous quatre sur le banc avec cet air de faible excitation qu'ont des voyageurs dans un wagon en attendant le coup de sifflet du départ. Frau Godowska éternua. « Je me demande si c'est bien le rhume des foins », remarqua-t-elle en tourmentant son réticule de satin à la recherche de son mouchoir. « A moins que ce ne soit la rosée. Sonia, mon enfant, est-ce que la rosée tombe ? »

Fräulein Sonia offrit au ciel son visage, les yeux mi-clos. « Non, maman. Je sens mon visage tout à fait chaud. Oh ! voyez, Herr Professor, des hirondelles qui volent ; c'est comme un petit troupeau de pensées japonaises — nicht wahr ?

— Où ? cria le Herr Professor. Oh ! oui, je vois, près de la cheminée de la cuisine. Mais pourquoi « japonaises » ? Ne pourriez-vous pas, avec tout autant de vérité, les comparer à une petite troupe volante de pensées allemandes ? » Il se tourna vers moi. « Avez-vous des hirondelles en Angleterre ?

— Quelques-unes, je crois, à certaines saisons, mais sans aucun doute elles n'ont pas pour les Anglais la même valeur symbolique. En Allemagne...

— Je n'ai jamais été en Angleterre, interrompit Fräulein Sonia. Mais j'ai beaucoup de connaissances anglaises. Des gens si froids ! Elle frissonna.

— Ils ont du sang de poisson, jeta sèchement Frau Godowska. Sans âme, sans cœur, sans grâce. Mais leurs étoffes sont inégalables. J'ai passé une semaine à Brighton voici vingt ans et la cape de voyage que j'ai achetée là n'est pas encore usée — c'est celle dans laquelle vous enveloppez la bouillotte, Sonia. Feu mon pauvre mari, votre père, Sonia, avait beaucoup appris sur l'Angleterre. Mais plus il apprenait de choses, plus il lui arrivait de me dire : « L'Angleterre est simplement une île de viande de bœuf nageant dans un gulf-stream de jus. » Il avait une façon si brillante d'exprimer les choses ! Vous en souvient-il, Sonia ?

— Je n'oublie rien, maman, répondit Sonia.

— Voilà bien, dit le Herr Professor, la preuve de votre vocation, gnädige Fräulein. Je me demande à ce sujet — et ceci est une spéculation des plus intéressantes — si la mémoire est une bénédiction ou, excusez le mot, une malédiction ? »

Frau Godowska regardait au loin ; soudain les coins de sa bouche s'abaissèrent, sa peau se plissa et elle fondit en larmes.

« Ach Gott ! Ma chère dame, qu'ai-je dit ? » s'exclama le Herr Professor.

Sonia prit la main de sa mère. « Savez-vous, dit-elle, ce que nous avons ce soir pour dîner ? Des carottes bouillies et de la tarte à la noisette. Si nous allions prendre nos places ? » Cependant du coin de l'œil son tragique regard ne cessait de nous accuser, le Professeur et moi.

Je les suivis à travers la pelouse et sur le perron. « Un homme si merveilleux, si aimé ! » murmurait Frau Godowska tandis que de sa main libre Fräulein Sonia arrangeait sa « garniture » de pois de senteur.

. . . . . . . . . . . . . . . . . . . .

« Un concert au bénéfice des Orphelins Catholiques aura lieu dans le salon à huit heures trente du soir. Artistes : Fräulein Sonia Godowska, de Vienne ; Herr Professor Windberg et son trombone ; Frau Oberlehrer Weidel, et d'autres. »

L'avis pendait au cou d'une mélancolique tête de cerf dans la salle à manger. Il l'orna ainsi plusieurs jours avant l'événement comme d'une serviette de table rouge et blanche, ce qui faisait dire au Professeur en s'inclinant cérémonieusement un plaisant « Bon appétit » dont nous finîmes par nous lasser, laissant au garçon le soin de sourire, puisqu'il était payé pour plaire aux pensionnaires.

Au jour dit, on vit les dames mariées traverser la pension dans tous leurs atours avec des airs de fauteuils sous leurs housses et les demoiselles drapées de mousseline comme des tables de toilette. Frau Godowska avait épinglé une rose au centre de son réticule ; une autre floraison émergeait des plis inextricables du blanc voile de fauteuil jeté en travers de son buste. Les messieurs, en habits noirs, avaient des cravates de soie blanche et, à la boutonnière, des arborescences qui leur chatouillaient le menton.

Le parquet du salon était ciré de frais, les chaises et les fauteuils disposés en rond ; une guirlande de petits drapeaux traversait le plafond, voletant et dansant dans le courant d'air avec tout l'enthousiasme d'une lessive de famille. On convint que je m'assiérais à côté de Frau

Godowska et que le Herr Professor et Sonia viendraient nous rejoindre après leur tour de concert.

« Ainsi vous vous sentirez tout à fait une exécutante vous-même, dit le Herr Professor avec bienveillance. C'est grand'pitié que la nation anglaise ait si peu de goût pour la musique. Enfin, n'importe. Ce soir vous allez entendre quelque chose de bien — nous avons découvert un vrai nid de talents pendant les répétitions.

— Qu'allez-vous nous réciter, Fräulein Sonia ? »

Elle secoua sa chevelure. « Je ne sais jamais jusqu'au dernier moment. A mon arrivée sur la scène j'attends un instant et, soudain, j'ai la sensation que quelque chose me frappe là — elle posa la main sur la broche de son col — et... les mots surviennent.

— Penchez-vous donc un peu, murmura sa mère. Sonia, mon amour, on voit votre épingle de sûreté derrière votre jupe. Voulez-vous que je sorte avec vous pour l'ajuster ou le ferez-vous vous-même ?

Sonia rougit de colère. « Oh ! maman, je vous en prie, ne dites pas de choses pareilles. Vous savez à quel point je suis sensible aux moindres impressions désagréables dans des moments comme celui-ci... Je préférerais que ma robe tombât...

— Sonia... Mon cœur ! »

Une cloche tinta.

Le garçon de table entra et ouvrit le piano. Dans l'excitation du moment il perdit tout sens des convenances et se mit à frotter les touches avec la serviette douteuse qu'il portait sous le bras. La Frau Oberlehrer s'avança alors à pas menus sur la scène, suivie par un très jeune homme qui se moucha deux fois avant de précipiter son mouchoir dans le sein du piano :

Oui ! je sais que vous n'avez pour moi nul amour
Et point de myosotis.
Ni amour, ni cœur, ni myosotis.

Ainsi chanta la Frau Oberlehrer d'une voix qui semblait sortir d'un dé à coudre et n'avoir rien de commun avec elle.

« Ach ! quelle douceur, quelle délicatesse ! » criâmes-nous en l'applaudissant de manière flatteuse. Elle s'inclina comme pour dire « oui, n'est-ce pas ? » et se retira tandis que le très jeune homme, le sourcil froncé, manquait de trébucher sur sa traîne.

Le piano fut refermé et l'on plaça au milieu de la scène un fauteuil vers lequel Fräulen Sonia s'avança. Pendant un instant chacun retint son souffle. Puis le trait ailé vint sans doute frapper sa broche. Elle nous supplia de ne pas aller dans les bois avec des robes à traîne mais, drapées dans des voiles aussi légers que possible, de nous coucher auprès d'elle sur un lit d'aiguilles de pin. Sa voix forte, un peu rauque, emplissait le salon. Elle laissa tomber ses bras sur le dossier du fauteuil, agitant ses mains maigres avec des ondulations du poignet. Frissonnants d'émotion, nous gardions le silence. A côté de moi le Herr Professor, les yeux saillants dans un visage d'un extraordinaire sérieux, tiraillait l'extrémité de sa moustache. Frau Godowska affectait le détachement particulier aux parents fiers de leur progéniture. La seule âme inaccessible à l'appel de l'artiste était le garçon qui, négligemment adossé au mur du salon, se nettoyait les ongles avec le tranchant d'un programme. Il n'était pas « de service » et désirait le montrer.

« Que vous avais-je dit ? tonna la voix du Herr Professor, couverte par le tumulte des applaudissements. Un tem-pé-ra-ment ! Vous l'avez vue cette fois. Elle est une flamme au cœur d'un lis. Je sens que je vais bien jouer. C'est maintenant mon tour. Je suis inspiré. Fräulein Sonia — elle revenait vers nous, pâle et drapée dans un ample châle — vous êtes mon inspiratrice. Ce soir vous serez l'âme de mon trombone. Attendez un peu. »

A droite, à gauche, les gens se penchaient, murmurant leur admiration dans le cou de Fräulein Sonia. Elle fit un salut de grand style.

« J'ai toujours du succès, me dit-elle. Voyez-vous, quand je joue, *je suis*. A Vienne, dans les pièces d'Ibsen, nous recevions tant de bouquets que la cuisinière en avait trois dans sa cuisine. Mais il est difficile de jouer ici. Il y a si peu de magie ! Ne le sentez-vous pas ? Rien de ce mystérieux parfum qui monte presque comme une vapeur visible de l'âme d'une salle viennoise. Faute de s'en nourrir, mon âme s'étiole. » Elle se pencha, le menton au creux de la main. « S'étiole », répéta-t-elle.

Le Professeur apparut avec son trombone, souffla dans l'embouchure, le redressa à hauteur d'œil, refoula ses manchettes et bientôt se vautra dans l'âme de Sonia Godowska. L'émotion qu'il souleva fut telle qu'on le rappela pour jouer une danse bavaroise — exercice respiratoire, indiqua-t-il, plutôt qu'œuvre d'art. Frau Godowska, de son éventail, battait la mesure.

Le très jeune homme vint ensuite flûter d'une voix de ténor qu'il aimait une personne avec « le sang de son cœur — et mille douleurs ». Fräulein Sonia joua une scène d'empoisonnement avec, pour accessoires, le flacon de pilules maternelles et une chaise longue qui avait pris la place du fauteuil ; une jeune fille gratta une berceuse sur un violon pas mûr ; et le Herr Professor accomplit les derniers rites du sacrifice sur l'autel des Orphelins en jouant l'hymne national.

« Maintenant je dois mettre maman au lit,

murmura Fräulein Sonia. Mais ensuite j'ai besoin de faire une promenade. Il est absolument nécessaire que je libère un moment mon âme au grand air. Voulez-vous venir avec moi jusqu'à la gare ?

— Très bien. Frappez donc à ma porte quand vous serez prête. »

C'est ainsi que nous nous trouvâmes, l'âme moderne et moi, côte à côte sous les étoiles.

« Quelle nuit ! dit-elle. Connaissez-vous ce poème de Sapho sur ses mains parmi les étoiles ? Je suis curieusement saphique. Et, ce qui est plus remarquable — non seulement je suis saphique, mais encore je trouve dans toutes les œuvres de tous les grands écrivains, et particulièrement dans leurs lettres encore manuscrites, je ne sais quel effleurement, quel signe de moi-même — une ressemblance, un fragment de moi, comme des milliers de réflexions de mes propres mains dans un sombre miroir.

— Mais quel tracas ! dis-je.

— Je ne sais ce que vous entendez par tracas ; c'est plutôt la malédiction de mon génie. » Elle s'arrêta soudain, et me dévisagea. « Connaissez-vous ma tragédie ? » demanda-t-elle.

Je secouai la tête.

« Ma mère est ma tragédie. Vivre avec elle est pour moi comme vivre avec le cercueil de mes aspirations encore à naître. Vous avez entendu ce soir — l'épingle de sûreté ! Cela peut vous sembler une petite chose, mais cela a gâté mes trois premiers gestes. Ils ont été...

— Empalés sur une épingle de sûreté, suggérai-je.

— Oui, exactement. Et quand nous sommes à Vienne, je suis la victime de mes états d'âme. Je voudrais faire des choses sauvages, passionnées. Et maman dit : « Verse-moi d'abord ma potion ». Je me souviens qu'un jour, dans un paroxysme de colère, j'ai lancé un pot à eau par la fenêtre. Savez-vous ce qu'elle m'a dit ? « Sonia, ce ne serait rien d'envoyer les choses par les fenêtres si seulement vous vouliez...

— Les choisir plus petites ? dis-je.

— Non... « Me le dire à l'avance ». Humiliant. Et je ne vois aucune lueur qui puisse sortir de ces ténèbres.

— Pourquoi ne pas faire des tournées avec une troupe et laisser votre mère à Vienne ?

— Comment ! Laisser à Vienne ma pauvre petite mère malade et veuve ? Je me noierais plutôt. J'aime ma mère plus que n'importe qui au monde — n'importe qui et n'importe quoi ! Croyez-vous impossible d'aimer sa propre tragédie ? « De mes grandes douleurs je fais mes petites chansons » — c'est Heine, ou moi-même.

— Oh ! alors, ça va, dis-je gaiement.

— Mais ça ne va pas du tout !

— Nous devrions retourner, suggérai-je, et nous retournâmes.

— Je pense quelquefois que la solution se trouve dans le mariage, dit Fräulein Sonia. Si je découvre un homme simple et paisible qui m'adore et veuille soigner maman — un homme qui serait pour moi comme un oreiller — car le génie ne peut espérer trouver de compagnon — je l'épouserai... Vous savez que le Herr Professor m'a accordé des attentions très marquées.

— Oh ! Fräulein Sonia ! dis-je, très contente de moi-même, pourquoi ne pas lui faire épouser votre mère ? » Nous passions à cet instant devant la boutique du coiffeur. Fräulein Sonia me saisit le bras.

« Vous... vous... bégaya-t-elle, quelle cruauté ! Je vais m'évanouir. Que maman se remarie avant mon propre mariage — c'est indigne. Je vais m'évanouir ici, tout de suite. »

Je fus saisie de peur. « Vous ne ferez pas cela, dis-je en la secouant. Revenez à la pension et vous vous évanouirez autant qu'il vous plaira. Mais ici c'est impossible. Toutes les boutiques sont fermées. Il n'y a personne. Je vous en prie, ne soyez pas si stupide.

— Ici, et seulement ici ! » Elle indiqua la place exacte, tomba le plus harmonieusement du monde et demeura par terre, immobile.

« Fort bien ! dis-je, évanouissez-vous tout votre

saoul, mais dépêchez-vous, je vous prie. »

Elle ne remua pas. Je m'éloignai, mais chaque fois que je jetais un coup d'œil en arrière je voyais la forme sombre de l'âme moderne toujours étendue devant la boutique du coiffeur. Je finis par courir et m'en fus extraire le Herr Professor de sa chambre. « Fräulein Sonia s'est évanouie, dis-je sèchement.

— Du lieber Gott ! Où ? Comment ?

— Devant la boutique du coiffeur, sur la route de la gare.

— Jésus Maria ! Elle n'a pas d'eau sur elle ? » Il saisit sa carafe. « Personne à ses côtés ?

— Non.

— Où est ma redingote ? Peu importe... J'attraperai un rhume. C'est volontiers que je l'attraperai... Vous êtes prête à m'accompagner ?

— Non, dis-je, vous pouvez prendre le garçon.

— Mais il faut une femme. Je ne peux pas avoir l'indélicatesse de délacer son corset.

— Les âmes modernes ne devraient pas en porter », dis-je. M'écartant, il dégringola l'escalier.

. . . . . . . . . . . . . . . . . . . . . .

Quand je descendis pour le petit déjeuner, le matin suivant, je vis à la table deux places vides. Fräulein Sonia et le Herr Professor étaient partis pour une journée d'excursion dans les bois.

Qu'est-ce que cela signifiait ?

## CHEZ LEHMANN

A coup sûr Sabina ne trouvait pas la vie trop lente. Elle trottait du matin, très tôt, jusqu'au soir, très tard. A cinq heures elle dégringolait de son lit, boutonnait ses habits, enfilait une blouse d'alpaga à manches longues sur sa robe noire et descendait à tâtons dans la cuisine.

Anna, la cuisinière, avait pris tant de graisse l'été passé qu'elle adorait son lit où elle pouvait, enfin libre de corset, s'étaler tout à son aise et se vautrer sous le gros édredon, prenant à témoin Jésus, la Vierge Marie et saint Antoine lui-même que sa vie ne valait pas celle d'un cochon dans une cave.

Sabina était nouvelle au travail. Le rose affleurait encore à ses joues. Elle avait sur la joue gauche une petite fossette qui, au plus fort de son sérieux, et lorsqu'elle était le plus absorbée, se creusait soudain pour la trahir. Et Anna bénissait cette fossette. Elle signifiait pour elle une demi-heure de plus au lit, et pour Sabina l'obligation d'allumer le feu, de nettoyer la cuisine et de laver d'innombrables tasses et soucoupes abandonnées le soir précédent. Hans, le petit plongeur, n'arrivait qu'à sept heures. C'était le fils d'un boucher — un enfant maigre, trop petit pour son âge, tout à fait semblable, pensait Sabina, à une des saucisses que fabriquait son père. Il avait un visage rouge couvert de taches de rousseur et des ongles d'une saleté indescriptible. Quand Herr Lehmann lui-même lui avait dit de les nettoyer avec une épingle à cheveux, il avait répondu que leur noirceur venait de naissance parce que sa mère s'était toujours taché les doigts d'encre à faire les comptes : Sabina l'avait cru et pris en pitié.

L'hiver était venu très tôt cette année à Mindelbau. Dès la fin d'octobre, les rues avaient des talus de neige à hauteur de ceinture et le plus grand nombre des « malades », fatigués à en mourir de leur cure d'eau froide et d'herbe, étaient partis sans avoir, de loin, retrouvé la paix. Le grand salon était donc fermé chez Lehmann et la salle du petit déjeuner était la seule que l'établissement offrît aux voyageurs. Là, il fallait laver le parquet, frotter les tables, disposer les tasses chacune avec son petit sucrier de porcelaine, et suspendre enfin à leurs crochets, le long des murs, les journaux et les magazines — tout cela avant sept heures et demie, heure à laquelle Herr Lehmann faisait son apparition et ouvrait la boutique.

Sa femme servait d'habitude dans la pâtisserie communiquant avec le café, mais elle avait choisi la morte-saison pour avoir un bébé et, déjà grosse d'ordinaire, elle était alors devenue si énorme que son mari, la jugeant peu appétissante, lui avait conseillé de rester au premier étage et de coudre.

Sabina avait accepté le travail supplémentaire sans la moindre idée de paiement supplémentaire. Elle aimait demeurer debout derrière le comptoir à couper en tranches les merveilleuses pâtisseries au chocolat d'Anna ou à emplir de dragées les sacs striés de bleu et de rose.

« Tu auras des varices comme moi, dit Anna. Madame aussi en souffre. Pas étonnant que le bébé ne vienne pas ! Toute son enflure est descendue dans les jambes. » De quoi Hans fut prodigieusement intéressé.

Le travail n'allait pas fort dans la matinée. Sabina courait dans la boutique au timbre de la porte, servait dans la salle les rares clients qui se réchauffaient l'estomac d'un petit verre avant le repas de midi et, de temps à autre, montait au premier demander à la Frau si elle avait besoin de quelque chose. Mais dans l'après-midi six ou sept clients de marque jouaient aux cartes et tout ce qui était quelqu'un dans la ville buvait du thé ou du café.

« Sabina... Sabina... ! »

Elle volait de table en table, distribuait des poignées de monnaie, jetait des ordres à Anna par le « passe-plats », aidait les hommes à revêtir leurs lourds manteaux, toujours avec cet air d'enfance magique qui semblait l'envelopper, ce sentiment délicieux d'être toujours en visite.

« Comment va Frau Lehmann ? lui soufflaient les femmes.

— Elle se sent plutôt faible, mais aussi bien qu'on peut espérer », répondait Sabina en confidence.

Le mauvais moment approchait pour Frau Lehmann. Anna et ses amies en parlaient comme du « voyage à Rome » et Sabina mourait d'envie de poser des questions mais, honteuse de son ignorance, demeurait muette, essayant de résoudre seule le mystère. Elle ne savait pratiquement rien, sinon que la Frau portait dans son ventre un bébé qui devrait sortir — opération douloureuse. On ne pouvait pas avoir d'enfant sans un mari — elle savait aussi cela. Mais qu'est-ce que l'homme avait à y faire ? C'est la question qu'elle se posait, le soir, en reprisant des serviettes à thé, la tête penchée sur son ouvrage, la lumière glissant sur ses boucles brunes. La naissance — qu'était-ce donc ? se demandait Sabina. La mort — c'était si simple. Elle avait un petit portrait de sa grand'mère morte, en robe de soie noire, les mains lasses étreignant la croix posée sur sa poitrine creuse, la bouche curieusement pincée, avec cependant une sorte de sourire secret. Mais la grand'mère, un jour, était née — voilà l'important.

Un soir qu'elle songeait ainsi, le Jeune Homme entra dans le café et commanda un verre de porto. Sabina se leva lentement. Une longue journée et la chaleur de la pièce l'avaient un peu alanguie ; lorsqu'elle versa le vin elle sentit les yeux du Jeune Homme fixés sur elle, elle abaissa son regard vers lui et un sourire creusa sa fossette.

« Il fait froid dehors », dit-elle en replaçant le bouchon.

Le Jeune Homme passa ses mains dans sa chevelure poudrée de neige et rit.

« Je ne dirai pas précisément qu'il fait une température tropicale, dit-il. Mais il fait très bon ici — on dirait que vous venez de dormir. »

Sabina sentit s'accroître sa langueur dans la pièce chaude. La voix du Jeune Homme était forte et profonde. Elle n'avait jamais vu personne, pensa-t-elle, qui eût l'air aussi fort — il semblait pouvoir soulever une table d'une seule main — et son regard inquiet qu'elle sentait errer sur son visage et sur toute sa personne fit passer au plus profond de son corps un étrange frisson, mi-plaisir mi-douleur... Elle eut envie de rester là, debout près de lui, pendant qu'il buvait son vin. Un petit silence suivit. Puis il sortit un livre de sa poche et Sabina revint à son ouvrage. De son coin elle entendait le bruit des feuilles tournées et le bruyant tic tac de la pendule accrochée au-dessus du miroir doré. Elle eut envie de regarder de nouveau le Jeune Homme — il y avait *quelque chose* en lui, dans sa voix profonde, même dans la coupe de ses habits. Dans la pièce au-dessus, elle entendit Frau Lehmann traîner lourdement les pieds et, de nouveau, les vieilles pensées l'inquiétèrent. Si elle-même, un jour, avait cette apparence — se sentait dans cet état ! Il serait très doux, pourtant, d'avoir un petit bébé à habiller et à faire sauter.

« Fräulein — quel est votre nom ? — à quoi souriez-vous ? » dit le Jeune Homme.

Elle rougit et leva les yeux, les mains immobiles au creux de sa robe, parcourut du regard les tables vides et secoua la tête.

« Venez ici, je vous montrerai une image », ordonna-t-il.

Elle vint, et resta debout près de lui. Il ouvrit le livre et Sabina vit le dessin en couleur d'une jeune femme nue assise sur le bord d'un grand lit en désordre, un chapeau haut de forme rejeté en arrière sur la tête.

Il couvrit le corps de sa main, laissant à découvert seulement le visage, puis considéra de très près Sabina.

« Eh bien ?

— Que voulez-vous dire ? demanda-t-elle (elle le savait bien).

— Mais — que ce pourrait être votre propre photographie — le visage, j'entends — je ne peux pas juger du reste.

— Mais la coiffure est différente, dit Sabina en riant. Elle renversa la tête et le rire bouillonna dans sa gorge blanche et ronde.

— C'est assez bien comme dessin, n'est-ce pas ? » demanda-t-il. Mais elle regardait une curieuse bague à la main qui couvrait le corps et ne répondit que par une inclinaison de tête.

« En aviez-vous déjà vu de semblables ?

— Oh ! les illustrés sont pleins de ces drôles d'images.

— Aimeriez-vous qu'on fît votre portrait ainsi ?

— Moi ? Je ne le laisserais jamais voir à personne. D'ailleurs je n'ai pas de chapeau comme ça.

— Ce n'est pas difficile à trouver. »

De nouveau un petit silence s'établit, rompu par Anna qui souleva la trappe.

Sabina courut vers la cuisine.

« Là ! Monte ce lait et cet œuf à la Frau, dit Anna. Qui as-tu dans la salle ?

— Un drôle de type. Je pense qu'il est un peu fêlé. » Elle se tapa le front.

Là-haut, dans sa vilaine chambre, la Frau cousait, assise, un châle noir sur les épaules, les pieds fourrés dans des pantoufles de laine rouge. La petite plaça le lait sur la table à côté d'elle puis se mit à polir une cuillère sur son tablier.

« Rien d'autre ?

— Ah ! dit la Frau en se soulevant péniblement dans son fauteuil. Où est mon homme ?

— Il joue aux cartes chez Snipold. Avez-vous besoin de lui ?

— Juste ciel, laisse-le tranquille. Je ne suis rien. Je ne compte pas... Tout le jour attendre ici ! »

Sa main trembla lorsqu'elle voulut essuyer le bord du verre de son doigt boudiné.

« Voulez-vous que je vous aide à vous mettre au lit ?

— Descends, laisse-moi seule. Dis à Anna de ne pas laisser Hans voler le sucre, flanque-lui une bonne gifle.

— C'est laid, laid, laid », murmura Sabina en retournant au café. Le Jeune Homme était debout, le manteau boutonné, prêt à partir.

« Je reviendrai demain, dit-il. Ne tirez pas

tant vos cheveux ; ils vont perdre leur ondulation.

— Vous êtes drôle, dit-elle. Bonsoir. »

Lorsque Sabina fut prête à se mettre au lit, Anna ronflait. Elle brossa sa longue chevelure et la prit toute dans ses mains... Ce serait peut-être dommage qu'elle perdît son ondulation. Puis elle abaissa les yeux sur sa chemise toute droite, la retira et s'assit sur le bord du lit.

« Je voudrais, murmura-t-elle avec un sourire ensommeillé, qu'il y eût un grand miroir dans cette chambre. »

Couchée dans le noir elle étreignit son corps menu.

« Pour cent marks je ne voudrais pas être la Frau — ni pour mille marks. Ressembler à ça ! »

Rêvant à demi, elle s'imagina énorme et se soulevant avec peine dans un fauteuil, la bouteille de porto à la main, tandis que le Jeune Homme entrait dans le café.

Froid et noir fut le matin suivant. Sabina s'éveilla fatiguée, avec la sensation d'avoir eu toute la nuit un poids très lourd au-dessous du cœur. Des pas traînaient dans le corridor — Herr Lehmann ! Elle avait dû dormir trop longtemps. Oui, il agitait la poignée.

« Un moment, un moment ! cria-t-elle en enfilant ses bas.

— Bina, dis à Anna de se rendre auprès de la

Frau — mais vite ! Il faut que j'aille chercher la sage-femme.

— Oui, oui, cria-t-elle. Est-il arrivé ? »

Mais Herr Lehmann était déjà parti. Elle courut secouer Anna.

« La Frau — le bébé — Herr Lehmann chez la sage-femme, bredouilla-t-elle.

— Grand Dieu ! » dit Anna en se jetant hors du lit.

Pas de plaintes aujourd'hui. Toute l'attitude d'Anna respirait l'importance, l'enthousiasme.

« Cours en bas allumer le poêle. Mets une casserole d'eau. » Puis, comme s'adressant à une patiente imaginaire tout en boutonnant son corsage : « Oui, oui, je sais, nous devons souffrir le pire avant d'être soulagées. J'arrive, patience ! »

Il fit sombre tout ce jour. On alluma dès l'ouverture du café et la presse fut grande. Anna, chassée de la chambre par la sage-femme, refusa tout travail et demeura assise dans un coin à se dorloter en écoutant les bruits au-dessus de sa tête. Hans montra plus de sympathie que Sabina. Lui aussi délaissa son travail et se tint debout près de la fenêtre à se gratter le nez.

« Mais pourquoi faut-il que je fasse tout ? dit Sabina en lavant les verres. Je ne puis aider la Frau ; elle ne devrait pas y mettre tant de temps.

— Écoute, dit Anna, ils l'ont transportée dans

la chambre juste au-dessus de nous pour ne pas déranger les clients. Quel gémissement ! Tu as entendu ?

— Deux bocks, cria Herr Lehmann par le portillon.

— Tout de suite, tout de suite ! »

A huit heures le café s'était vidé. Sabina s'assit dans un coin, sans son ouvrage. Rien ne semblait être arrivé à la Frau. Un docteur était venu, voilà tout.

« Ach ! dit Sabina, je ne veux plus y penser. Je n'écoute plus. Ach ! je voudrais m'en aller, je déteste ces bavardages. Je n'écoute plus rien. C'est vraiment trop. » Elle mit les deux coudes sur la table, appuya le menton au creux de ses mains et fit la moue.

Mais quand la grand'porte s'ouvrit soudain elle se dressa d'un bond et rit... C'était encore le Jeune Homme. Il commanda de nouveau du porto, mais n'apportait pas de livre, cette fois.

« Ne t'assieds pas à un kilomètre, grommela-t-il. J'ai besoin qu'on m'amuse. Et tiens, prends mon manteau. Ne peux-tu le mettre à sécher quelque part ? Il neige encore.

— Il y a un endroit chaud — le vestiaire des dames, dit-elle. Je vais le mettre là — juste à côté de la cuisine. »

Elle se sentait mieux, très heureuse de nouveau.

« J'y vais avec toi, dit-il, je veux voir où tu le mets. »

Ceci ne parut pas le moins du monde extraordinaire. Elle rit et lui fit un petit signe.

« Là dedans, cria-t-elle. Sentez comme il fait chaud. Je vais mettre encore du bois dans ce poêle. Ça n'a pas d'importance, ils sont tous occupés là-haut. »

Elle s'agenouilla et jeta le bois dans le feu en riant de son extravagant méfait.

Oubliée la Frau, oublié le jour stupide ! A côté d'elle, voici que quelqu'un riait aussi. Ils étaient ensemble dans la petite pièce chaude et volaient le bois de Herr Lehmann. Cela lui parut la plus excitante des aventures. Elle eut envie de rire sans s'arrêter, ou d'éclater en sanglots, ou, ou... de prendre dans ses bras le Jeune Homme.

« Quel feu ! cria-t-elle en étendant les mains.

— Voilà ma main, hop ! dit le Jeune Homme. Non ? Tu l'attraperas demain ? »

Ils étaient debout l'un contre l'autre, les mains encore jointes. Et de nouveau cet étrange frisson parcourut Sabina.

« Dis donc, fit-il d'une voix rude, es-tu une enfant ou fais-tu semblant ?

— Je, je... »

Le rire s'éteignit. Elle leva les yeux vers lui une fois, puis les abaissa vers le sol et se mit à respirer comme un petit animal effrayé.

Il l'attira plus près de lui encore et l'embrassa sur les lèvres.

« Ah ! que faites-vous ? » murmura-t-elle.

Il lui lâcha les mains, posa les siennes sur ses seins et voici que la pièce parut tourner vaguement autour de Sabina. Soudain, dans la chambre au-dessus, un hurlement éclata, terrible, déchirant.

Elle s'arracha à l'étreinte, se ressaisit, se raidit.

« Qui a fait ça ? — Qui a fait ce bruit ? »

. . . . . . . . . . . . . . . . . . .

Dans le silence, le frêle vagissement d'un bébé.

« Ach ! » cria Sabina en bondissant hors de la pièce.

# LUFT BAD

Ce doivent être les parasols qui nous donnent cet air ridicule.

La première fois que je fus admise dans l'enceinte et que je vis mes congénères se promener à très peu de chose près dans « l'état de nature », je fus frappée de l'aspect très « négrillon des Iles » que pouvait donner un parasol.

Il y a une dignité ridicule à tenir au-dessus de votre personne un objet de coton vert avec un perroquet rouge pour manche quand la surface de vos habits ne dépasse pas celle d'un mouchoir.

Le Luft Bad n'a pas d'arbres. Il offre seulement à notre émerveillement un groupe de simples cabines de bois, une piscine couverte, deux balançoires et deux massues dépareillées, l'une qui dut appartenir à Hercule ou à l'armée allemande et l'autre qu'on peut confier sans danger à un enfant au berceau.

C'est là que, par tous les temps, nous prenons l'air — marchant ou assises en petits groupes où se discutent les malaises et les mesures de chacune et tous les maux dont la chair est affligée.

Une haute palissade nous entoure ; les pins, par-dessus, nous considèrent avec un peu de dédain en échangeant des coups de coude particulièrement inquiétants pour une *débutante.* De l'autre côté du mur, à droite, est la section des hommes. Nous les entendons qui fendent des arbres, débitent des planches, lancent des poids et chantent à plusieurs parties. Oui, ils prennent la chose beaucoup plus sérieusement.

Le premier jour mes jambes m'obsédaient et je revins trois fois à ma cabine pour consulter ma montre ; mais lorsqu'une femme avec qui j'avais joué aux échecs durant trois semaines fit semblant de ne pas me reconnaître, je repris courage et me joignis à un groupe.

Couchées en boule sur le sable, nous écoutions une dame hongroise de proportions inouïes nous décrire la tombe magnifique qu'elle avait achetée pour son second mari.

« C'est une voûte, disait-elle, avec de belles grilles noires. Et elle est si grande que je peux y descendre et m'y promener. Leurs deux photographies sont là avec deux très belles couronnes qui m'ont été envoyées par le frère de mon premier mari. Il y a aussi un agrandissement de toute la famille en groupe et la copie avec des enluminures du compliment qu'on a lu à mon premier mari le jour de son mariage. J'y vais souvent ; c'est un but de promenade si agréable pour les belles après-midi de dimanche. »

Elle s'aplatit soudain sur le dos, fit six longues aspirations et se redressa.

« L'agonie fut terrible, dit-elle avec beaucoup de verve. Celle du second, je veux dire. Le premier fut écrasé par un fourgon de déménagement et on lui vola cinquante marks dans la poche de son gilet neuf, mais le second mit soixante-sept heures à mourir. Je n'ai pas cessé un seul instant de pleurer — même pour mettre les enfants au lit. »

Une jeune Russe, avec un accroche-cœur sur le front, se tourna vers moi.

« Savez-vous danser la danse de Salomé ? me demanda-t-elle. Moi, je sais.

— C'est charmant, dis-je.

— Voulez-vous que je la danse ? Voulez-vous me voir ? »

Elle bondit sur ses pieds, exécuta une série de contorsions ahurissantes pendant dix minutes puis, haletante, s'arrêta en tordant sa longue chevelure.

« N'est-ce pas que c'est bien ? dit-elle. Et maintenant je transpire de façon splendide. Je vais prendre un bain. »

En face de moi était la femme la plus brune que j'eusse jamais vue, couchée sur le dos, les bras joints au-dessus de la tête.

« Combien de temps êtes-vous restée ici aujourd'hui ? lui demanda-t-on.

— Oh ! maintenant j'y passe tout le jour, répondit-elle. Je fais ma propre cure. Je ne mange que des légumes crus et des noix et chaque jour je me sens l'esprit plus fort et plus pur. Après tout que peut-on espérer ? La plupart d'entre nous s'en vont par le monde avec des corpuscules de porc et des fragments de bœuf dans leur cerveau. La merveille c'est que le monde soit tout de même aussi bon. Je vis maintenant de la nourriture simple que me fournit la nature. » Elle désigna un petit sac à côté d'elle. « Une laitue, une carotte, une pomme de terre et quelques noix constituent un régime abondant et rationnel. Je les lave sous le robinet et je les mange crues comme elles sortent de la terre, innocentes — fraîches et non contaminées.

— Ne prenez-vous rien d'autre de tout le jour ? criai-je.

— De l'eau. Et peut-être une banane si je m'éveille dans la nuit. » Elle se tourna et s'appuya sur le coude. « Vous mangez trop, dit-elle, terriblement, honteusement trop ! Comment pouvez-vous espérer que la Flamme de l'Esprit brûle et brille sous de telles couches de chair superflue ? »

J'aurais voulu qu'elle me regardât moins fixement et songeai à aller regarder ma montre : mais une petite fille portant un collier de corail vint se joindre à nous.

« La pauvre Frau Hauptmann n'a pas pu venir aujourd'hui, dit-elle, elle a le corps couvert de taches à cause de son état nerveux. Elle était très excitée hier d'avoir écrit deux cartes postales.

— C'est une femme délicate, appuya la Hongroise, mais charmante. Songez qu'elle a une plaque différente pour chacune de ses dents de devant. Mais elle n'a pas le droit de laisser ses filles porter des costumes marins si courts. On les voit assises sur les bancs et croisant les jambes de la façon la plus impudique. Qu'allez-vous faire cet après-midi, Fräulein Anna ?

— Oh ! dit le Collier de Corail, le Herr Oberleutnant m'a demandé d'aller avec lui à Landsdorf. Il doit acheter des œufs pour les porter à sa mère. Il gagne deux sous sur huit œufs en sachant à qui s'adresser.

— Êtes-vous Américaine ? dit la dame aux légumes en se tournant vers moi.

— Non.

— Anglaise, alors ?

— A peine.

— Il faut que vous soyez l'une des deux. Vous n'y pouvez rien. Je vous ai vue plusieurs fois vous promener seule. Vous portez votre... »

Je m'en fus sur la balançoire. L'air qui me frôlait le corps était doux et frais. Là-haut de blancs nuages naviguaient délicatement dans le ciel bleu. De la forêt de pins coulait un parfum sauvage ; les branches se balançaient d'un seul mouvement rythmique et sonore. Je me sentais légère, libre, heureuse — si puérile ! J'avais envie de tirer la langue à ces femmes rapprochées en cercle sur l'herbe et qui papotaient sans doute à mon sujet.

« Vous ne savez peut-être pas, cria une voix sortant d'une cabine, qu'il est très mauvais pour l'estomac de se balancer. Après s'être agitée ainsi, une amie à moi n'a plus rien pu garder de trois semaines. »

Je m'en fus vers le bâtiment et pris une douche.

Comme je m'habillais quelqu'un frappa à la cloison.

« Savez-vous, dit une voix, qu'il y a un homme qui *vit* dans le Luft Bad ? Il s'enterre dans la boue jusqu'aux aisselles et refuse de croire à la Trinité. »

Les parasols, décidément, sont au Luft Bad l'instrument du salut. Quand j'y vais maintenant je prends le riflard de mon mari et m'assieds dans un coin, cachée dans son ombre protectrice.

Ce n'est pas que j'aie le moins du monde honte de mes jambes.

# UN JOUR DE NAISSANCE

Andréas Binzer s'éveilla lentement. Se tournant sur le lit étroit il s'étira, bâilla, ouvrit la bouche le plus largement possible et brusquement fit claquer ses dents les unes contre les autres. Ce bruit le fascina ; il le reproduisit plusieurs fois très vite, avec un mouvement sec des mâchoires. Quelles dents ! pensa-t-il. Elles sonnaient comme des cloches, les mâtines ! Pas une d'arrachée, pas une de plombée. La cause ? Jamais de bêtise dans le régime et un bon coup de brosse, régulièrement, matin et soir. Il se redressa sur le coude gauche et, balançant le bras droit dans le vide, tâtonna pour trouver à côté de lui la chaise où il mettait sa montre et sa chaîne. Pas de chaise naturellement ! Il avait oublié, il n'y avait pas de chaise dans cette misérable chambre d'ami. Il avait fallu mettre tout le sacré fourbi sous son oreiller. « Huit heures et demie, dimanche, petit déjeuner à neuf heures — le temps d'un bain » — son cerveau tictaquait avec la montre. Il sauta du lit et s'en fut vers la fenêtre. La jalousie, brisée, pendait en forme d'éventail... « Il faudra réparer ça. Je dirai au garçon de bureau de passer le faire en rentrant chez lui demain — il est fameux pour les jalousies. Avec quelques sous il le fera aussi bien qu'un menuisier... Anna pourrait le faire si elle allait bien. Moi aussi, évidemment — mais je n'aime pas me risquer sur des échelles boiteuses. » Il leva les yeux vers le ciel qui brillait, étrangement blanc, sans la tacheture d'un seul nuage ; puis il les abaissa vers la rangée de jardinets et de cours. La grille de ces jardins courait au ras d'un ravin que traversait un pont de fer suspendu, et les gens avaient la sale habitude de jeter leurs boîtes de conserves vides par-dessus la grille dans le ravin. Pas étonnant de leur part, bien sûr ! Andréas se mit à compter les boîtes de conserves et, rageur, résolut d'écrire une lettre aux journaux à ce sujet et de la signer — de son nom, carrément.

La domestique sortit par la porte de derrière dans la cour. Elle portait les souliers d'Andréas. Elle en jeta un par terre, fourra sa main dans l'autre et le considéra en se suçant les joues. Brusquement elle se pencha, cracha sur la pointe du soulier et se mit à l'astiquer avec une brosse arrachée de sa poche... « La salope ! Dieu sait de quelle maladie infectieuse ce soulier est devenu maintenant le bouillon de culture. Il faut qu'Anna se débarrasse de cette fille — même si elle doit se passer de domestique quelque temps — aussitôt qu'elle pourra de nouveau aller et venir. Non, mais ! La façon dont elle a balancé un soulier et craché sur l'autre ! Elle se moque bien de leur propriétaire. En voilà une qui n'a pas de notions fausses sur le respect dû au maître de maison. » Il se détourna de la fenêtre et, plein de dégoût, arracha sa serviette de la barre de la table de toilette. « Je suis trop sensible pour un homme — voilà mon défaut. Ç'a été ainsi depuis le début, ce le sera jusqu'à la fin. »

On frappa doucement à la porte : la mère d'Andréas entra. Elle repoussa la porte derrière elle et s'y appuya. Son bonnet, remarqua Andréas, était mis de guingois et une longue mèche de cheveux lui pendait sur l'épaule. Il s'avança pour l'embrasser.

« Bonjour, maman, comment va Anna ? »

La vieille femme parla très vite en croisant et décroisant les mains.

« Andréas, je t'en prie, va chez le docteur Erb aussitôt que tu seras habillé.

— Pourquoi ? dit-il, elle ne va pas bien ? »

Frau Binzer inclina la tête et Andréas qui la regardait avec attention vit son visage changer soudain : un fin réseau de rides parut s'étendre sur la peau.

« Assieds-toi un moment sur le lit, dit-il. Tu as veillé toute la nuit ?

— Oui. Non, je ne m'assiérai pas, je dois retourner près d'elle. Anna a souffert toute la nuit. Elle n'a pas voulu que je te dérange parce que, disait-elle, tu avais l'air si abattu hier. Tu as dit que tu avais attrapé un rhume qui te tourmentait beaucoup. »

Aussitôt Andréas se sentit accusé.

« Enfin, c'est elle qui m'a forcé à le lui dire en me pressant de questions ; tu connais ses façons. »

De nouveau Frau Binzer inclina la tête.

« Oh ! oui, je les connais. Elle demande si ton rhume va mieux et dit qu'il y a un sous-vêtement chaud pour toi dans le coin gauche du grand tiroir. »

Automatiquement Andréas se racla la gorge par deux fois.

« Oui, répondit-il, dis-lui que ma gorge est certainement plus libre. Il vaut mieux, j'imagine, que je n'aille pas la déranger.

— Oui, et d'ailleurs le temps presse, Andréas.

— Je serai prêt dans cinq minutes. »

Ils s'engagèrent dans le corridor. Lorsque Frau Binzer ouvrit la porte de la grande chambre un long gémissement sortit de la pièce.

Andréas en fut à la fois choqué et terrifié. Il se précipita dans la salle de bain, ouvrit à fond les deux robinets, se brossa les dents et se tailla les ongles pendant que l'eau coulait.

« Sale affaire, sale affaire ! se prit-il à murmurer. Et je ne comprends pas. Ce n'est pas comme si c'était son premier — c'est son troisième. Le père Schäfer m'a dit hier que sa femme avait simplement laissé tomber son quatrième. Anna aurait dû prendre une sage-femme diplômée. Maman lui cède toujours. Maman la gâte. Je me demande ce qu'elle voulait bien dire en prétendant que j'avais inquiété Anna hier. Jolie remarque à faire à un mari dans ma situation. Affaibli, je suppose — et toujours ma sensibilité. »

Il s'en fut dans la cuisine chercher ses souliers et trouva la servante penchée sur le poêle en train de préparer le petit déjeuner. « Maintenant elle souffle là-dedans, je suppose », pensa Andréas. Il fut très sec avec la jeune fille. Elle ne le remarqua même pas. Ce qui se passait là-haut l'emplissait de terreur joyeuse et d'importance. Elle avait le sentiment d'apprendre un peu plus à chaque inspiration le secret de la vie. Elle avait mis le couvert ce matin en disant « garçon » à la première assiette, « fille » à la seconde et ainsi de suite, ce qui avait fini par « garçon » avec la cuillère à sel. « Pour un peu, je le dirais au maître afin de le réconforter », décida-t-elle. Mais le maître ne lui en donna pas l'occasion.

« Mettez un bol de plus et une soucoupe, dit-il. Le docteur prendra peut-être du café.

— Le docteur ? » La fille sortit brusquement sa cuillère de la casserole et laissa tomber deux gouttes de graisse sur le poêle. « Dois-je faire frire quelque chose d'autre ? » Mais le patron était déjà parti en faisant battre la porte. Il descendit la rue — il n'y avait vraiment personne dehors — cet endroit était à moitié mort le dimanche matin. Quand il passa le pont suspendu, une forte puanteur, mélange de fenouil et de détritus pourris, monta du ravin et de nouveau Andréas se mit à cuisiner une bonne lettre. Il déboucha dans la grand'rue. Les persiennes des boutiques étaient encore closes. Des débris de journaux, de la paille, des pelures de fruits jonchaient le pavé ; les reliefs du samedi soir bouchaient les rigoles. Deux chiens se vautraient au milieu de la chaussée, roulant l'un sur l'autre et se mordant. Seul le bar du coin était ouvert ; un jeune garçon sur le seuil, inondait à grande eau le trottoir.

La lèvre retroussée, Andréas dégoûté choisit son chemin entre les flaques. « C'est extraordinaire comme je remarque tout, ce matin. C'est en partie l'effet du dimanche. Je déteste un dimanche où les enfants sont absents et Anna immobilisée. Le dimanche, un homme a le droit de vivre au milieu de sa famille. Tout est dégoûtant ici, la ville entière pourrait être détruite par la peste et le sera certainement si on ne balaie pas tout ça. J'aimerais tenir un peu les leviers de commande. » Il redressa énergiquement le buste. « Maintenant, voyons le docteur.

— Le docteur Erb est en train de déjeuner », lui apprit la bonne. Elle le fit entrer dans une salle d'attente, sombre avec une odeur de moisi, où quelques fougères s'étalaient sous une vitrine près de la fenêtre. « Il a dit qu'il serait là dans moins d'une minute. Asseyez-vous, je vous prie, monsieur : il y a un journal sur la table.

— Quel trou malsain », pensa Binzer. Il alla vers la fenêtre et tambourina sur la vitrine aux fougères. « Il déjeune, lui ? Voilà mon erreur : sortir tôt l'estomac vide. »

Une carriole de laitier descendit bruyamment la rue. Le conducteur, debout à l'arrière et faisant claquer son fouet, portait une énorme fleur de géranium fixée au revers de sa veste. Il était ferme comme un roc, un peu rejeté en arrière dans la carriole bringuebalante. Andréas se tordit le cou pour le suivre des yeux jusqu'au bas de la rue et même après sa disparition écouta le ferraillement des bidons bousculés.

« Hum ! Ce n'est pas si mal pour lui, réfléchit-il. J'aimerais assez goûter de cette existence. Debout très tôt, du travail jusqu'à onze heures, puis rien à faire que flâner tout le reste du jour jusqu'au moment de traire. » Ce qui était exagéré, il le savait bien. Mais il avait envie de s'apitoyer sur son sort.

La bonne ouvrit la porte, s'effaça devant le docteur Erb. Andréas pivota et les deux hommes se serrèrent la main.

« Eh bien ! Binzer, dit le docteur d'un ton jovial en brossant quelques miettes sur son gilet gris-perle, l'héritier commence à faire des siennes ? »

Du coup, Binzer se sentit remonté. L'héritier, nom de Dieu ! Il était content d'avoir encore affaire à un homme. Et un type sain qui ne s'étonnait pas d'une chose pour lui quotidienne.

« Vous y êtes à peu près, docteur, répondit-il avec un sourire en prenant son chapeau. Ma mère est venue me tirer du lit ce matin avec l'ordre impérieux d'aller vous chercher.

— La voiture sera là dans une minute. Je vous ramène, n'est-ce pas ? Il fait un temps extraordinaire, étouffant ; vous êtes déjà aussi rouge qu'une betterave. »

Andréas affecta de rire. Le docteur avait cette habitude fâcheuse : il croyait avoir le droit de se payer la tête de tout le monde simplement parce qu'il était docteur. « Gonflé de vanité comme tous ces spécialistes, décida Andréas.

— Comment Frau Binzer a-t-elle passé la nuit ? demanda le docteur. Ah ! voici le cabriolet. Vous me le direz en chemin. Asseyez-vous le plus possible vers le milieu, voulez-vous, Binzer ? Votre poids le fait un peu pencher d'un côté — voilà l'inconvénient des businessmen prospères.

— Il doit bien peser ses quinze livres de plus que moi, pensa Andréas. Ce gaillard-là est peut-être un bon médecin — mais pour le reste, Dieu me protège !

— Allons, ma belle. » Le docteur Erb fouetta sa petite jument brune. « Votre femme a-t-elle pu dormir la nuit dernière ?

— Non, je ne pense pas, dit brièvement Andréas. A dire vrai je ne suis pas content qu'elle n'ait pas d'infirmière.

— Oh ! votre mère vaut douze infirmières, cria le docteur avec une immense exaltation. A dire vrai, je n'aime pas beaucoup les infirmières sages-femmes — trop crues, crues comme des beefsteaks. Elles transforment un accouchement en corps à corps, comme si elles disputaient à la mort le corps de Patrocle... Connaissez-vous ce tableau d'un peintre anglais, Leighton ? Une chose magnifique — pleine de nerf.

— Le voilà encore parti, songea Andréas, et qui se donne des airs de culture pour m'humilier.

— Quant à votre mère — elle est ferme — elle est capable. Elle fait ce qu'on lui dit avec un trésor de sympathie. Regardez-moi ces boutiques — une véritable lèpre. Comment ce gouvernement peut-il tolérer...

— Elles ne sont pas si mal — assez solides — elles ont simplement besoin d'une couche de peinture. »

Le docteur siffIota un petit air et de nouveau fouetta sa jument.

« Enfin, j'espère que ce jeune gaillard ne va pas causer trop d'ennuis à sa mère, dit-il. Nous y voilà. »

Un gosse décharné qui, pendant tout le trajet, avait fait des glissades sur le siège arrière du cabriolet, sauta à terre et vint tenir la bride du cheval. Andréas s'en fut droit dans la salle à manger, laissant la servante conduire le docteur au premier étage. Il s'assit, se versa du café et dévora la moitié d'un petit pain avant de se servir du poisson. Puis il remarqua qu'il n'y avait pas d'assiette chaude pour le poisson — toute la maison était sens dessus dessous. Il sonna, mais la jeune bonne entra avec, sur un plateau, un bol de potage et l'assiette chaude.

« Je les ai gardés au chaud sur le poêle, minauda-t-elle.

— Ah ! merci bien, c'est très gentil ». D'avaler la soupe réchauffa ses sentiments pour cette petite imbécile.

« C'est une bonne chose que le docteur Erb

soit venu, avança-t-elle : elle éclatait du besoin de sympathie.

— H'm, h'm », dit Andréas.

Elle attendit un moment en roulant des yeux blancs puis, maudissant la race des mâles, retourna vers sa cuisine en se vouant à la stérilité.

Andréas engloutit le potage, puis engloutit le poisson. Tandis qu'il mangeait, la pièce s'était lentement assombrie. Un vent faible se leva et fit battre les branches contre la fenêtre. La salle à manger donnait sur la jetée du port et l'on voyait la mer rouler de lourdes vagues. Le vent tournoya autour de la maison avec un gémissement lugubre.

« Nous n'y coupons pas d'un orage. Ça signifie que je suis bouclé là pour tout le jour. Enfin, il y aura du moins un avantage : cela purifiera l'air. » Il entendit la petite bonne se précipiter avec importance par toute la maison et rabattre les volets. Puis il l'aperçut dans le jardin qui décrochait des serviettes à thé de la corde tendue à travers la pelouse. Elle était travailleuse : aucun doute à ce sujet. Il prit un livre et roula son fauteuil vers la fenêtre. Inutile. Trop sombre pour lire. Il n'avait pas envie de se fatiguer les yeux et allumer à dix heures du matin semblait absurde. Il se laissa donc glisser dans le fauteuil, appuya ses coudes sur les bras rembourrés et, pour une fois, s'abandonna à une rêverie facile. « Un garçon ? Oui, ce serait sûrement un garçon cette fois... » « De qui se compose donc votre famille, Binzer ? — Oh ! j'ai deux filles et un garçon. » Un bon petit nombre. Naturellement il serait le dernier homme a avoir une préférence pour un de ses enfants, mais un homme avait besoin d'un fils. « J'agrandis mon affaire pour mon fils ! Binzer et fils ! Il faudrait pour cela vivre très à l'étroit pendant dix ans encore, réduire les dépenses au plus juste ; et puis... »

Une énorme rafale fondit sur la maison, l'empoigna, la secoua, la laissa tomber pour la ressaisir plus étroitement encore. Les vagues bondissaient le long de la jetée, fouettées d'écume. Dans le ciel blanc volaient des nuages effilochés et gris.

Andréas sentit un vrai soulagement en entendant le docteur Erb redescendre l'escalier ; il se dressa et alluma le gaz.

« Voyez-vous un inconvénient à ce que je fume ici ? » demanda le docteur Erb en allumant une cigarette avant qu'Andréas n'ait eu le temps de répondre. « Vous ne fumez pas, n'est-ce pas ? Vous n'avez pas le temps de vous laisser aller à ces funestes petites habitudes !

— Comment va-t-elle maintenant ? demanda Andréas maudissant le bonhomme.

— Oh ! aussi bien qu'on pouvait s'y attendre,

pauvre gosse ! Elle m'a prié de descendre pour jeter un coup d'œil sur vous. Elle a dit qu'elle vous savait très inquiet. » Les yeux rieurs du docteur parcoururent la table. « Je vois que vous avez pu manger une bouchée, hein ? »

Hou-ou-iih ! hurla le vent en secouant les volets.

« Lamentable, ce temps ! dit le docteur Erb.

— Oui, il ébranle les nerfs d'Anna quand c'est précisément de nerfs qu'elle a besoin.

— Qu'est-ce que vous me chantez là ? rétorqua le docteur. De nerfs ! Seigneur Dieu ! Elle a deux fois plus de nerfs que vous et moi ensemble. Des nerfs ! Mais elle n'est rien que nerfs. Une femme qui travaille comme elle dans la maison et qui, en quatre ans, ajoute encore trois enfants à son balayage, pour ainsi dire ! »

Il jeta sa cigarette à demi fumée dans le foyer et se détourna vers la fenêtre, le sourcil froncé.

« C'est *lui*, maintenant, qui m'accuse, pensa Andréas. La seconde fois depuis ce matin — d'abord ma mère et maintenant cet homme qui profitent de ma sensibilité. » Craignant de trop parler, il sonna la servante.

« Desservez, ordonna-t-il, je ne peux pas voir tout ce désordre sur la table jusqu'au déjeuner.

— Ne soyez pas dur avec cette jeune fille, dit le docteur d'un ton câlin, elle a le double de travail aujourd'hui. »

A ces mots la colère de Binzer flamba.

« Je vous prierai, docteur, de ne pas intervenir entre moi et mes domestiques. » Et au même instant il se sentit ridicule pour n'avoir pas dit « ma domestique ».

Le docteur Erb ne fut point troublé. Il secoua la tête, fourra les mains dans ses poches et se mit à se balancer sur la pointe des pieds.

« Ce temps vous éprouve, dit-il sèchement, voilà tout. Lamentable, cet orage. Vous savez que le temps a un effet prodigieux sur les naissances. Une belle journée requinque une femme — lui donne du cœur à l'ouvrage. Le beau temps est aussi nécessaire pour accoucher que pour couler une lessive. Pas mal, hein, cette dernière remarque, pour un fossile professionnel de mon genre ? »

Andréas ne répondit rien.

« Eh bien, je retourne auprès de ma malade. Pourquoi ne pas vous promener un peu pour vous éclaircir les idées ? Voilà ce qu'il vous faut.

— Non, répondit-il, je ne sortirai pas, il fait trop mauvais. »

Il revint à son fauteuil près de la fenêtre. Tandis que la jeune fille desservait il feignit de lire... Puis, de nouveau, rêva ! Depuis des années, apparemment, il n'avait pas eu le temps de rêver ainsi — il n'avait pas le temps de souffler. Accablé de travail tout le jour et incapable de le laisser tomber le soir, comme les autres hommes. D'ailleurs Anna s'y intéressait — ils ne parlaient pratiquement de rien autre. Elle ferait une excellente mère pour un garçon ; elle saisissait bien les choses.

Des cloches se mirent à sonner dans le vent, tantôt très lointaines, tantôt très proches comme si toutes les églises de la ville avaient été transportées dans cette rue. Elles éveillaient en lui, ces cloches, on ne sait quoi de vague et de tendre. A cette heure, à peu près, Anna l'appelait du hall. « Andréas, vient que je brosse ta veste, je suis prête. » Et tous deux partaient, elle suspendue à son bras, le visage levé vers lui. Elle était, à coup sûr, une toute petite chose. Il se souvenait avoir dit un jour, pendant leurs fiançailles : « Juste à la hauteur de mon cœur » ; elle avait alors sauté sur un tabouret et l'avait forcé en riant à courber la tête. C'était dans ce temps-là un jeune animal, plus jeune même que ses enfants aujourd'hui, plus brillante, avec plus d'allant et de fantaisie. Comme elle courait dans la rue à sa rencontre après le travail ! Et comme elle riait quand ils cherchaient une maison. Seigneur ! ce rire qu'elle avait ! Le souvenir le fit grimacer, puis il devint subitement grave. A coup sûr le mariage changeait une femme beaucoup plus qu'un homme. Elle devient posée, dit-on. Mais elle avait perdu tout son allant en deux mois ! Enfin quand elle en aurait fini avec son garçon elle reprendrait des forces. Il se mit à faire le projet d'un petit voyage. Il l'enlèverait ; ils s'en iraient flâner ensemble quelque part. Après tout, flûte, ils étaient encore jeunes. Elle commençait à s'encroûter ; il faudrait la sortir de là, voilà tout.

Il s'en fut dans le salon, ferma soigneusement la porte et prit la photographie d'Anna sur le piano. Elle portait une robe blanche avec un gros nœud d'étoffe mousseuse sous le menton et se tenait debout, un peu raide, une gerbe artificielle de coquelicots et d'épis dans les mains. Même alors elle avait l'air délicate ; c'était la masse de sa chevelure qui lui donnait cette apparence. Elle semblait plier sous le poids de ses tresses. Pourtant elle souriait. Andréas se sentit la respiration coupée. Ainsi, c'était sa femme — cette jeune fille. Diable ! on avait pris la photo voici seulement quatre ans. Il la rapprocha de son visage et s'inclina pour un baiser. Puis il frotta le verre avec le dos de sa main. A cet instant, plus faible que naguère dans le corridor, plus terrifiante, Andréas entendit monter une plainte. Le vent la reprit en écho railleur, la répandit sur les toits, la chassa dans la rue loin de lui. Il leva des bras implorants. « Je me sens si affreusement seul et faible », dit-il, puis s'adressant au portrait : « Peut-être n'est-ce pas aussi mauvais qu'on croirait à l'entendre ; peut-être est-ce encore ma sensibilité ». Dans le demi-jour du salon le sourire, aux lèvres d'Anna, parut s'approfondir, devint secret, presque cruel. « Non, réfléchit-il, ce sourire n'est nullement son expression la plus heureuse — on a eu tort de la laisser prendre avec ce sourire. Elle n'a pas du tout l'air d'être ma femme — d'être la mère de mon fils ». Oui, voilà la chose exacte : elle ne ressemblait pas à la mère d'un fils qui allait devenir un associé dans la firme. Ce portrait l'énerva : il le plaça dans des lumières différentes, le considéra de loin, de côté, passa (lui parut-il ensuite) toute une existence à essayer de trouver l'éclairage convenable. Mais plus il jouait avec lui, plus profondément il le détestait. Deux fois il le transporta jusqu'à la cheminée et décida de le flanquer derrière le parasol japonais, dans la grille ; puis il jugea absurde de gâcher un cadre coûteux. Battre ainsi la campagne ne servait à rien. Anna s'obstinait à avoir l'air d'une étrangère — un être anormal, un monstre — ç'aurait pu être une photo prise juste avant ou après la mort.

Soudain il s'aperçut que le vent était tombé, que toute la maison était silencieuse, terriblement silencieuse. Glacé et pâle, avec l'horrible sensation que des araignées lui parcouraient le dos et le visage, il demeura immobile au centre du salon à écouter les pas du docteur Erb qui descendait l'escalier.

Il vit le docteur Erb entrer dans la pièce et la pièce parut se métamorphoser en une grande coupe de verre tournoyante et le docteur Erb parut nager vers lui à travers cette coupe de verre comme un poisson doré en gilet gris-perle.

« Ma femme adorée est morte ! » Il voulut crier avant que le docteur n'ouvrît la bouche.

« Eh bien, c'est un garçon cette fois qu'elle est allée pêcher, dit le docteur. Andréas fit un pas en trébuchant.

— Prenez garde, restez sur vos quilles », dit l'autre. Il saisit le bras de Binzer et murmura en le touchant : « Mou comme du beurre. »

Une chaleur joyeuse envahit Andréas. Il exultait.

« Pardieu ! Personne, dit-il, ne peut m'accuser, moi, d'ignorer la souffrance. »

# L'ENFANT-QUI-ÉTAIT-FATIGUÉE

Elle venait à peine de s'engager sur une petite route blanche avec de grands arbres noirs de chaque côté, une petite route qui ne conduisait nulle part et où personne ne marchait, quand une main la saisit par l'épaule, la secoua, la frappa sur l'oreille.

« Oh ! oh ! ne m'arrêtez pas, cria l'Enfant-Qui-Était-Fatiguée. Laissez-moi marcher.

— Lève-toi, propre à rien, dit une voix, lève-toi et file allumer le poêle, ou je m'en vais te secouer les puces. »

Avec un immense effort, elle ouvrit les yeux et vit la Frau debout près du lit, avec le bébé ficelé sous le bras. Les trois autres enfants qui partageaient le lit avec elle, accoutumés aux braillements, poursuivaient leur sommeil paisible. Dans un coin de la pièce l'Homme passait ses bretelles.

« Qu'est-ce que ça signifie de dormir ainsi toute la nuit comme un sac de pommes de terre ? Tu as laissé le bébé mouiller deux fois son lit. »

Elle ne répondit pas mais noua son jupon et boutonna sa robe à carreaux avec des doigts que le froid faisait trembler.

« Là, ça suffit ! Emporte le bébé dans la cuisine, fais chauffer le café du maître sur la lampe à alcool et sors la miche de pain noir du tiroir de la table. Et ne t'empiffre pas toi-même, sans quoi je le saurai. »

Puis, la Frau traversa la pièce en trébuchant, se jeta sur le lit et tira le couvre-pieds rose autour de ses épaules.

Il faisait presque sombre dans la cuisine. Elle posa le bébé sur le siège de bois, le couvrit d'un châle et versa le café de la cruche de terre dans une casserole qu'elle posa sur la lampe à alcool.

« J'ai trop sommeil », dit l'Enfant-Qui-Était-Fatiguée. Sa tête tombait. Elle était agenouillée à terre et fendait les bûches humides de pin en petits éclats. « Voilà pourquoi je ne peux pas m'éveiller. »

Le poêle mit longtemps à s'allumer. Peut-être avait-il froid comme elle et sommeil... Peut-être avait-il rêvé d'une petite route blanche avec des arbres noirs de chaque côté, une petite route qui ne conduisait nulle part.

Soudain la porte, poussée violemment, s'ouvrit : l'Homme entra à grands pas.

« Eh bien, qu'est-ce que tu fais assise par terre ? cria-t-il. Donne-moi mon café. Je dois filer. Ah ! là, là, tu n'as même pas frotté la table ! »

Elle sauta sur ses pieds, versa le café dans un bol, donna à l'Homme du pain et un couteau puis, prenant un chiffon sur l'évier, barbouilla sur la toile cirée des traces noires.

« Sale jour, sale vie », marmonna l'Homme qui, assis à la table, considérait par la fenêtre un ciel malade, lourdement gonflé, au-dessus d'une terre morne. Il s'empifra de pain puis le fit descendre à grandes lampées de café.

L'Enfant emplit un seau d'eau, retroussa ses manches tout en considérant ses bras d'un air sévère comme pour les blâmer d'être si minces, si semblables à deux petites branches rabougries, et se mit à laver le parquet.

« Tu ne vas pas tout tremper pendant que je suis là ? grogna l'Homme. Empêche un peu le bébé de pleurnicher ; nous avons entendu ça toute la nuit. »

L'Enfant prit le bébé contre son sein et s'assit pour le balancer.

« Ts-ts-ts, dit-elle, il fait sa dent de l'œil, c'est ça qui le fait tant crier. Et il bave — je n'ai jamais vu un bébé baver comme celui-là. » Elle lui essuya la bouche et le nez avec un coin de sa robe. « Il y a des enfants, poursuivit-elle, qui font leurs dents sans qu'on s'en aperçoive et il y en a d'autres qui sont agacés comme ça tout le temps. J'ai entendu parler d'un bébé qui est mort et à qui on a trouvé toutes ses dents dans l'estomac. »

L'Homme se leva, décrocha sa pèlerine derrière la porte et la jeta sur ses épaules.

« L'autre est en route, dit-il.

— Quoi, une dent ? » s'exclama l'Enfant éveillée, pour la première fois ce matin, de cette torpeur terrible ; elle fourra son doigt dans la bouche du bébé.

« Non, dit-il d'un air lugubre, un autre bébé. Maintenant continue ton travail ; il est temps que les autres se lèvent pour l'école. » Elle demeura un moment tout à fait immobile écoutant les pas lourds s'éloigner sur les dalles du corridor puis sur le gravier de l'allée ; enfin la grille battit.

Un autre bébé ! Est-ce qu'elle n'a pas *encore* fini d'en avoir ? pensa l'Enfant. Deux bébés faisant leur dent de l'œil — deux bébés pour qui il faut se lever dans la nuit — deux bébés qu'il faut trimbaler partout et dont il faut laver les petits langes dégoûtants. Elle considéra avec horreur celui qu'elle tenait dans ses bras et qui, comme s'il eût compris la haine méprisante de ce regard las, serra les poings, se raidit et se mit à hurler violemment.

« Ts-ts-ts. » Elle le déposa sur le siège de bois et revint à son lavage de parquet. Il ne cessait pas un instant de pleurer mais elle en avait l'habitude et marquait la mesure avec son balai. Comme elle était fatiguée ! Qu'il était lourd, le manche de ce balai ! Et cette brûlure qui lui faisait si mal, juste derrière le cou ! Et cette drôle de petite palpitation, juste derrière la ceinture de son corsage, comme si quelque chose allait se briser là...

La pendule sonna six heures. Elle mit la casserole de lait sur le poêle et s'en fut dans la chambre voisine éveiller et habiller les trois enfants. Anton et Hans s'étaient rapprochés et leur embrassade exprimait un sentiment fraternel qui n'avait certainement jamais existé hors de leurs heures de sommeil. Léna était couchée en chien de fusil, les genoux sous le menton, et seule apparaissait une de ses tresses, rigide au-dessus du traversin.

« Levez-vous », cria l'Enfant. Elle mit une immense autorité dans sa voix, tira les couvertures et distribua aux garçons diverses bourrades en leur lardant les côtes. « Voilà une demi-heure que je vous appelle. Il est tard, et j'irai le dire si vous ne vous habillez pas immédiatement. »

Anton s'éveilla juste assez pour se tourner et flanquer son pied dans quelque partie délicate de Hans, lequel empoigna aussitôt la tresse de Léna avec tant de vigueur qu'elle hurla pour appeler sa mère à l'aide.

« Oh ! tenez-vous tranquilles, murmura l'Enfant. Oh ! je vous en prie, levez-vous et habillez-vous. Vous savez ce qui va arriver. Là, je vous aiderai. »

Mais l'avertissement était venu trop tard. Déjà la Frau sautait de son lit, marchait d'un pas décidé vers la cuisine et revenait avec une poignée de branchettes liées par une bonne corde. L'un après l'autre, les enfants couchés en travers de ses genoux furent battus avec vigueur ; puis, ayant dépensé sa dernière poussée d'énergie sur l'Enfant, la Frau se remit au lit avec le sentiment confortable d'avoir bien commencé à remplir ses devoirs maternels pour cette journée. Domptés, les trois diables se laissèrent habiller et laver par l'Enfant qui laça même les souliers des garçons : elle savait par expérience qu'abandonnés à eux-mêmes ils sautillaient au moins cinq minutes par toute la pièce avant de trouver un rebord commode où poser le pied, puis se crachaient sur les mains et rompaient leurs lacets.

Le déjeuner qu'elle leur servit leur rendit leur gaieté bruyante. Cependant le bébé ne s'arrêtait pas de pleurer. Elle emplit la bouteille de lait, fixa la tétine de caoutchouc, l'humecta d'abord elle-même puis, avec de petits mots cajoleurs, essaya de le faire boire. Mais il jeta la bouteille sur le sol, saisi d'un grand tremblement.

« La dent de l'œil ! cria Hans en assommant Anton d'un coup de son bol vide. On dirait bien que c'est la dent du mauvais œil.

— Poseur ! rétorqua Léna en lui tirant la langue ; et comme il faisait instantanément de même, elle hurla du plus aigu de sa voix : Maman, Hans me fait des grimaces.

— Ça va, dit Hans, continue à gueuler et ce soir dans le lit j'attendrai que tu dormes et puis je viendrai en rampant te pincer un tout petit morceau du bras et je le tordrai, je le tordrai jusqu'à ce que... » Penché sur la table et tout occupé à faire les plus horribles grimaces à Léna, il ne remarqua pas Anton debout derrière sa chaise : et tout à coup le petit garçon se pencha et cracha sur le crâne rasé de son frère.

« Eh là, eh là ! »

L'Enfant-Qui-Était-Fatiguée poussa l'un, tira l'autre, les emmitoufla dans leurs manteaux et les entraîna hors de la maison.

« Vite, vite, le second coup a sonné », dit-elle, pressante. Elle savait fort bien que c'était faux et se réjouissait de son mensonge. Elle revint laver les bols puis descendit dans la cave chercher les pommes de terre et les betteraves.

Drôle d'endroit, et froid, la cave à charbon ! Les pommes de terre étaient entassées dans un coin, les betteraves dans une vieille caisse à bougies ; il y avait aussi deux tonneaux de choucroute et une quantité de racines de dahlias enchevêtrées — aussi réelles, pensa l'Enfant, que si elles étaient en train de se battre.

Elle ramassa les pommes de terre au creux de sa jupe, choisissant les grosses presque sans yeux, plus faciles à peler et, courbée sur ce tas grisâtre dans la cave silencieuse, sentit sa tête retomber de nouveau.

« Qu'est-ce que tu fais là en bas, toi ? cria la Frau du palier. Le bébé est tombé du banc et s'est fait une bosse aussi grosse qu'un œuf, sur l'œil. Viens ici que je t'apprenne !

— Ce n'est pas moi, ce n'est pas moi », hurla l'Enfant pourchassée par les coups d'un mur à l'autre tandis que pommes de terre et betteraves roulaient de sa jupe.

La Frau paraissait aussi grande qu'un géant et tous ses mouvements avaient une lourdeur terrifiante pour un être si petit.

« Assieds-toi dans ce coin, pèle les légumes, rince-les et fais tenir le bébé tranquille pendant que je lave. »

Pleurnichante, elle obéit : mais quant à faire taire le bébé, impossible. Le visage écarlate, toute la tête couverte de petites gouttes de sueur, il se roidissait et criait. Elle le tint sur ses genoux, une casserole d'eau froide pour les légumes à côté d'elle et, à ses pieds, le « seau des canards » pour les épluchures.

« Ts-ts-ts, marmotta-t-elle tout en grattant et vrillant du couteau. Un autre va venir bientôt et vous ne pouvez pas être deux ainsi à pleurer sans cesse. Pourquoi ne dors-tu pas, petit ? Moi je dormirais à ta place. Je vais te raconter un rêve. Il y avait une fois une petite route blanche. »

Elle renversa la tête en arrière, une grande boule douloureuse lui monta à la gorge et soudain ses larmes ruisselèrent de son visage sur les légumes.

« Ça ne va pas, dit l'Enfant en secouant ses pleurs. Arrête-toi juste un instant de crier, petit, et quand j'aurai fini ça, je te promènerai. »

Mais quand elle eut fini il fallut étendre la lessive. Le vent s'était levé. Debout sur la pointe des pieds, dans la cour, elle avait presque l'impression qu'il allait l'emporter. Une puanteur montait du baquet aux canards à demi empli de purin, mais là-bas, dans la prairie, elle voyait l'herbe agitée comme une courte chevelure verte. Elle se souvint d'un enfant dont on lui avait parlé jadis et qui avait pu jouer tout un jour dans une prairie semblable avec de vraies saucisses et de la bière pour son dîner et pas le moindre commencement de fatigue. Qui lui avait raconté cette histoire ? Elle avait oublié et pourtant c'était une histoire si simple.

Le linge mouillé lui giflait le visage, dansait, sautillait sur la corde, se gonflait, se tordait. Elle revint à la maison les jambes fléchissantes, avec un regard de regret pour l'herbe de la prairie.

« Que dois-je faire maintenant, s'il vous plaît? demanda-t-elle.

— Va faire les lits, expose le matelas du bébé à la fenêtre puis va chercher sa voiture et fais-lui faire une petite promenade sur la route. Devant la maison, n'est-ce pas, que je puisse vous voir. Ne reste pas ainsi la bouche ouverte. Tu reviendras, quand je t'appellerai, m'aider à éplucher la salade. »

Ayant fait les lits, l'Enfant les considéra. Doucement elle tapota l'oreiller et, juste pour un moment, y reposa sa tête. De nouveau la boule douloureuse lui monta à la gorge et ses larmes stupides ne cessèrent de couler tandis qu'elle habillait le bébé puis allait et venait sur la route avec la petite voiture.

Un homme passa sur un chariot à bœufs. Il portait une longue et bizarre plume à son chapeau et sifflait. Deux jeunes filles, des paquets sur l'épaule, sortirent du village — l'une portait sur la tête un mouchoir rouge, l'autre un bleu. Elles riaient et se tenaient par la main. Puis le soleil écarta les plis épais des nuages gris et répandit partout une chaude lumière dorée.

Peut-être, pensa l'Enfant-Qui-Était-Fatiguée, si je marchais assez loin sur cette route, arriverais-je à une autre, petite et blanche, avec de grands arbres noirs de chaque côté — une petite route.

« La salade, la salade ! » cria la voix de la Frau dans la maison.

Bientôt les enfants revinrent de l'école, on mangea, l'Homme prit à la fois la part de pudding de la Frau et la sienne et les trois enfants semblaient se barbouiller des pieds à la tête avec tout ce qu'ils mangeaient. Et de nouveau la vaisselle, le nettoyage, le bébé. Ainsi l'après-midi passa, froide et longue.

La vieille Frau Grathwohl vint apporter à la Frau une tranche de porc frais : l'Enfant écouta leur bavardage.

« Frau Manda a fait un « voyage à Rome » la nuit dernière et en a rapporté une fille. Comment vous sentez-vous ?

— J'ai vomi deux fois ce matin, dit la Frau. J'ai l'intérieur tout noué d'avoir des enfants trop vite l'un sur l'autre.

— Vous avez pris une aide à ce que je vois, remarqua la vieille mère Grathwohl.

— Oh ! Seigneur Dieu ! — la Frau baissa la voix — vous la connaissez bien ? C'est la petite bâtarde, la fille de la serveuse à la gare. On a trouvé sa mère qui essayait de lui fourrer la tête dans un broc et la petite est restée à demi idiote.

— Ts-ts-ts ! » murmura la « bâtarde » au bébé.

A la fin du jour, l'Enfant-Qui-Était-Fatiguée ne savait plus comment lutter contre le sommeil. Elle avait peur de s'asseoir et de demeurer immobile. Au souper, l'Homme et la Frau parurent, sous son regard, se gonfler, prendre une taille gigantesque, puis se rapetisser, poupées minuscules, avec de faibles voix qui paraissaient venir du dehors par la fenêtre. Quand elle regardait le bébé, il possédait soudain deux têtes, puis plus de tête. Même ses cris aggravaient cet état. En songeant que l'instant d'aller se mettre au lit était proche, elle trembla tout entière d'une excitation joyeuse. Mais comme huit heures approchaient on entendit résonner des roues sur la route et voici que des amis survinrent pour passer la soirée.

Ce fut alors :

« Mets le café.

— Apporte-moi le sucrier.

— Va chercher des chaises dans la chambre.

— Dispose les bols. »

Enfin la Frau l'envoya dans la pièce à côté pour faire tenir le bébé tranquille.

Un petit morceau de bougie brûlait dans le chandelier émaillé. L'Enfant en marchant de long en large dans la pièce, vit sur le mur son ombre grande et large comme celle d'une Enfant adulte, avec un bébé adulte sur le bras. Que serait-ce quand elle porterait ainsi deux bébés ?

« Ts-ts-ts ! Je te disais donc qu'une fois elle marchait sur une petite route blanche avec de grands arbres, si grands, si noirs, de chaque côté...

— Viens ici, toi, cria la voix de la Frau, et apporte ma veste neuve qui est accrochée derrière la porte. » Lorsqu'elle entra dans la pièce chaude l'une des femmes dit : « Elle ressemble à une chouette. Les enfants comme ça ont rarement toute leur raison.

— Pourquoi ne fais-tu pas taire ce bébé ? dit l'Homme qui avait bu juste assez de bière pour se sentir très viril et maître de soi.

— Si tu ne fais pas taire ce bébé, tu sauras pourquoi tout à l'heure. »

Tous éclatèrent de rire lorsqu'elle rentra dans la chambre en trébuchant.

« Je crois que la Vierge Marie elle-même ne pourrait pas le faire taire, murmura-t-elle. Est-ce que Jésus pleurait ainsi quand Il était petit ? Si je n'étais pas si lasse peut-être pourrais-je y arriver ; mais le bébé sait que je veux dormir. Et il va y en avoir un autre. »

Elle jeta le bébé sur le lit et, debout, le considéra avec terreur.

De la pièce voisine arrivaient le tintement des verres et la chaleur des rires.

Alors elle eut soudain une belle idée — merveilleuse.

Pour la première fois de ce jour elle rit et frappa des mains.

« Ts-ts-ts, dit-elle, reste là couché, petit imbécile ; tu vas voir que tu vas dormir. Tu ne crieras plus, tu ne t'éveilleras plus dans la nuit. Tu es drôle, horrible petit bébé. »

Il ouvrit les yeux et poussa des hurlements à la vue de l'Enfant-Qui-Était-Fatiguée. De la pièce voisine elle entendit la Frau appeler.

« Un instant — il est presque endormi », cria-t-elle.

Alors avec des gestes doux, souriante et en marchant sur la pointe des pieds, elle s'en fut prendre le couvre-pieds rose sur le lit de la Frau, en couvrit le visage du bébé et pressa de toute sa force tandis qu'il se débattait « comme un canard à qui on a coupé la tête », pensa-t-elle.

Elle poussa un long soupir puis, tombant à la renverse sur le sol, se retrouva marchant sur une petite route blanche, avec de grands arbres noirs de chaque côté, une petite route qui ne conduisait nulle part et où personne ne marchait — personne — personne.

# LA DAME AVANCÉE

« Pensez-vous que nous pourrions lui demander de venir avec nous ? dit Fräulein Elsa en renouant le ruban de sa large ceinture rose devant ma glace. Voyez-vous, si intellectuelle qu'elle soit, je ne peux m'empêcher de la sentir minée par un secret chagrin. Et Lisa m'a dit ce matin, pendant qu'elle faisait ma chambre, qu'elle reste seule à écrire des heures et des heures ; en fait, Lisa dit qu'elle écrit un livre ! Voilà pourquoi, j'imagine, elle évite de se mêler à nous et consacre si peu de temps à son mari et à son enfant.

— Eh bien, posez-lui la question vous-même, dis-je. Je n'ai jamais parlé à cette dame. »

Elsa rougit faiblement. « Je ne lui ai parlé qu'une fois, confessa-t-elle. Je lui portais un bouquet de fleurs sauvages dans sa chambre et elle est venue m'ouvrir en robe blanche, les cheveux défaits. Je n'oublierai jamais cet instant. Elle prit simplement les fleurs et je l'entendis — car la porte n'était pas bien fermée — je l'entendis, pendant que je m'éloignais dans le corridor, qui disait : « Pureté, parfum, parfum de la pureté et pureté du parfum ! » C'était merveilleux ! »

A cet instant Frau Kellermann frappa à la porte.

« Êtes-vous prête ? dit-elle en entrant avec un salut cordial de la tête. Ces messieurs nous attendent sur le perron et j'ai demandé à la Dame Avancée de nous accompagner.

— Mais comme c'est extraordinaire ! cria Elsa. A l'instant même la gnädige Frau et moi discutions...

— Oui, je l'ai rencontrée qui sortait de sa chambre et elle s'est déclarée enchantée de l'idée. Pas plus que nous tous elle ne connaît Schlingen. Elle est maintenant en bas qui cause avec Herr Erchardt. Je crois que nous allons passer un après-midi délicieux.

— Est-ce que Fritzi attend aussi ? demanda Elsa.

— Mais naturellement, mon enfant — impatient comme un affamé qui tend l'oreille à la cloche du dîner. Courez vite ! »

Elsa courut et Frau Kellermann tourna vers moi un sourire significatif. Nous nous étions, jusqu'ici, rarement adressées la parole, la « seule joie qui lui restât » — son charmant petit Karl — n'ayant jamais réussi à transformer en flamme dans mon sein ces étincelles de maternité qui brillent, paraît-il, si nombreuses sur l'autel de tout cœur féminin digne de ce nom ; mais en l'honneur de cette excursion commune nous étions devenues délicieusement cordiales.

« Ce sera pour nous, dit-elle, une double joie. Nous pourrons contempler le bonheur de ces deux chers enfants, Elsa et Fritz . Ils n'ont reçu qu'hier matin les lettres de bénédiction de leurs parents. C'est très étrange, mais je m'épanouis toujours en compagnie d'un couple de nouveaux fiancés. Les couples de nouveaux fiancés, les mères portant leur premier enfant et les lits de mort normaux ont précisément le même effet sur moi. Voulez-vous que nous rejoignions les autres ? »

J'avais grande envie de lui demander comment des lits de mort normaux pouvaient faire fleurir soudain qui que ce soit et je dis : « Oui, allons les rejoindre ».

Nous fûmes accueillies sur le perron par le petit groupe des « hôtes en traitement » avec ces cris de joie excitée, si aimables préludes à la plus simple excursion en Allemagne. Herr Erchardt et moi ne nous étions pas encore rencontrés de la journée : de sorte que, d'accord avec la stricte coutume de la pension, nous nous enquîmes réciproquement de notre sommeil de la nuit précédente, de l'agrément de nos rêves, de l'heure où nous nous étions levés, de l'excellence du café au petit déjeuner et de la façon dont nous avions passé cette matinée. Ayant péniblement gravi cet escalier d'une politesse quasi nationale, nous arrivâmes au palier avec un sourire de triomphe mais hors d'haleine.

« Et maintenant, dit Herr Erchardt, je vous ai réservé un plaisir. La Frau Professor va être des nôtres cet après-midi. Parfaitement, dit-il avec une inclinaison de tête gracieuse à la Dame Avancée, permettez-moi de vous présenter l'une à l'autre. »

Nous nous inclinâmes avec beaucoup de cérémonie tout en promenant l'une sur l'autre ce regard dit d'aigle qui appartient beaucoup plus à la femme qu'à cet oiseau fort inoffensif. « Vous êtes Anglaise, je crois », dit-elle. Je reconnus le fait. « Je lis précisément beaucoup de livres anglais en ce moment — ou plutôt je les étudie.

— Hou ! cria Herr Erchardt, voyez un peu ! Quel lien entre vous déjà ! Je suis résolu à ne pas mourir avant d'avoir lu Shakespeare dans sa langue maternelle, mais que vous, Frau Professor, soyez déjà plongée dans ces puits de la pensée anglaise !

— D'après ce que j'ai pu lire, dit-elle, je ne crois pas que ce soient des puits très profonds. »

Il approuva de la tête.

« Non, répondit-il, si j'en crois ce qu'on m'en a dit... Mais n'allons pas gâter son excursion à notre petite amie anglaise. Nous parlerons de ceci un autre jour.

— Hé bien, nous y sommes ? » cria Fritz debout au bas du perron et soutenant dans sa main le coude d'Elsa. On découvrit alors que Karl était perdu.

« Ka-rl, Karl-chen ! criâmes-nous. Pas de réponse.

— Mais il était ici il y a un instant », dit Herr Langen, pâle jeune homme fatigué venu se remettre ici d'une faiblesse nerveuse due à un excès de philosophie et une insuffisance de nourriture. « Il était assis là et s'amusait à sortir les rouages de sa montre avec une épingle à cheveux ! »

Frau Kellermann se tourna brusquement vers lui. « Voulez-vous dire, mon cher Herr Langen, que vous ne l'en avez pas empêché ?

— Non, dit Herr Langen. J'avais déjà essayé de l'en empêcher auparavant.

— Ah ! Quelle énergie a cet enfant ! Son cerveau ne connaît pas de repos. S'il ne fait pas une chose, il en fait une autre.

— Il s'est peut-être mis au travail maintenant sur la pendule de la salle à manger », suggéra Herr Langen plein d'un espoir abominable.

La Dame Avancée suggéra de partir sans lui.

« Je n'emmène jamais ma petite fille dans mes promenades, dit-elle. Je l'ai accoutumée à rester tranquillement assise dans ma chambre de mon départ à mon retour !

— Le voilà, le voilà », dit Elsa, d'une voix flûtée, et l'on vit Karl glisser le long d'un marronnier pour le plus grand dam des jeunes branches.

« J'ai écouté ce qu'on disait sur moi, maman, confessa-t-il pendant que Frau Kellermann époussetait ses habits. Ce n'est pas vrai l'histoire de la montre. Je ne faisais que la regarder, et la petite fille ne reste jamais dans la chambre. Elle m'a dit elle-même qu'elle descend toujours à la cuisine et que...

— Là, ça suffit ! » dit Frau Kellermann.

En masse notre cortège s'ébranla sur la route de la gare. C'était un très bel après-midi et tout au long du chemin, des groupes « d'hôtes en traitement » qui aéraient paisiblement leur digestion dans les jardins des pensions, nous appelèrent, demandèrent si nous allions nous promener et crièrent : « Herr Gott — Heureux voyage ! » avec une satisfaction immense et mal dissimulée quand nous prononcions le nom de Schlingen.

« Eh ! mais, c'est à huit kilomètres », cria un vieillard à la barbe chenue qui, accoudé à une grille, s'éventait d'un mouchoir jaune.

« Sept et demi, répondit sèchement Herr Erchardt.

— Huit, beugla le sage.

— Sept et demi.

— Huit.

— Cet homme est fou, dit Herr Erchardt.

— Eh bien ! laissez sa folie en paix, dis-je en me bouchant les oreilles.

— On ne doit pas laisser de telles ignorances s'affirmer librement, répondit-il, et nous tournant le dos, trop épuisé pour crier plus longtemps, il éleva vers le ciel sept doigts et demi.

— Huit », tonna le barbu avec une vigueur antique.

L'incident doucha notre enthousiasme et nous ne pûmes nous en remettre qu'à la vue d'un poteau indicateur blanc qui nous enjoignait de quitter la route et de prendre le sentier à travers champs — sans fouler plus d'herbe qu'il n'était nécessaire. Traduit en clair cela signifiait « marche en file indienne » — une catastrophe pour Elsa et Fritz. Karl, comme un heureux bambin, se mit à gambader en tête et à couper le plus de fleurs possible avec le manche du parasol maternel ; les trois autres suivaient, puis moi ; les amoureux formaient l'arrière-garde et, outre la conversation du groupe qui me précédait, j'avais le privilège d'entendre ces charmants murmures :

*Fritz :* « M'aimez-vous ? » *Elsa :* « H'm —

oui ». *Fritz*, passionnément : « Mais combien ? » A quoi Elsa ne voulut jamais répondre que : « Et combien m'aimez-vous, vous ? »

Fritz esquiva ce traquenard en disant : « Je vous l'ai demandé le premier ».

Cela devenait si gênant que je me glissai devant Frau Kellermann et marchai désormais dans la paisible et double assurance de son épanouissement et de ma liberté, moi qui n'étais nullement contrainte d'informer l'être qui m'était le plus proche et le plus cher de ma capacité précise de tendresse. Quel droit ont-ils, me dis-je, de se poser de telles questions le jour qui suit l'annonce de leurs fiançailles ? Quel droit ont-ils même de se poser des questions ? L'amour qui se fiance et se marie est une pure affirmation — les voilà qui usurpent les privilèges de leurs sages aînés !

Les lisières des champs que nous traversions allaient se perdre à plis menus dans une immense forêt de sapins — son ombre avait l'air agréable et fraîche. Un autre poteau indicateur nous pria de suivre le large sentier pour Schlingen et de déposer nos papiers gras et nos pelures de fruits dans les paniers en fil de fer fixés aux bancs pour cet usage. Nous nous assîmes sur le premier banc et Karl avec une vive curiosité plongea dans le panier en fil de fer.

« J'aime les bois, dit la Dame Avancée avec un

vague sourire de pitié. Dès que je suis dans un bois, ma chevelure semble frémir et se remémorer je ne sais quoi de ses sauvages origines.

— Mais il est littéralement vrai, dit Frau Kellermann après une pause marquant combien elle appréciait cette pensée, qu'il n'y a rien de mieux que l'air des forêts de sapins pour le cuir chevelu.

— Oh ! Frau Kellermann, je vous en prie, ne rompez pas le charme », dit Elsa.

La Dame Avancée la considéra avec beaucoup de sympathie. « Auriez-vous, vous aussi, découvert le cœur magique de la Nature ? » dit-elle.

Herr Langen donna la réplique : « La Nature n'a point de cœur », dit-il avec la netteté et l'amertume des gens qui se sont nourris de trop de philosophie et de trop peu de nourriture. « Elle crée pour pouvoir détruire. Elle mange pour pouvoir vomir et vomit pour pouvoir manger. C'est pourquoi nous autres hommes, contraints de gagner tant bien que mal notre vie à ses pieds qui nous foulent, jugeons le monde fou et comprenons la mortelle vulgarité de toute production.

— Jeune homme, interrompit Herr Erchardt, vous n'avez pas encore vécu et vous n'avez pas encore souffert.

— Oh ! pardon — comment pouvez-vous le savoir ?

— *Moi* je le sais parce que vous me l'avez dit

et voilà tout. Revenez sur ce banc dans dix ans et nous verrons si vous me répéterez vos paroles », dit Frau Kellermann sans quitter du regard Fritz occupé à compter les doigts d'Elsa avec une ferveur passionnée. « Et amenez avec vous votre jeune femme, Herr Langen, et peut-être votre jeune enfant que vous regarderez jouer avec... » Elle se tourna vers Karl : il avait arraché des profondeurs du panier un vieil illustré et déchiffrait une réclame pour le Développement des Seins.

La phrase demeura en suspens. Nous résolûmes de poursuivre notre marche. Les profondeurs du bois éveillèrent notre enthousiasme à tel point qu'il éclata en mélodie — les trois hommes chantant « O Welt, wie bist du wunderbar », dont Herr Langen entonna la basse d'une voix perçante en essayant, sans aucun succès, d'infuser au chant un caractère satirique en accord avec sa « vision universelle ». Ils partirent donc au pas cadencé et nous laissèrent traîner derrière eux, transpirantes et heureuses.

« C'est le moment, dit Frau Kellermann. Chère Frau Professor parlez-nous un peu de votre livre.

— Ach ! Comment savez-vous que j'en écris un ? cria-t-elle d'un ton mutin.

— Elsa que voici l'a appris de Lisa. C'est la première fois que je connais personnellement une femme écrivant un livre. Comment pouvez-vous trouver assez de choses à écrire ?

— La difficulté n'est jamais là, dit la Dame Avancée en prenant le bras d'Elsa et en s'y appuyant doucement. La difficulté est de savoir où s'arrêter. Pendant des années mon cerveau a été comme une ruche et voici trois mois environ, les eaux refoulées ont crevé sur mon âme et depuis j'écris chaque jour sans arrêt jusque tard dans la nuit, découvrant toujours en moi de fraîches inspirations et des pensées qui battent les parois de mon cœur de leurs ailes impatientes.

— Est-ce un roman ? demanda timidement Elsa.

— Bien sûr que c'est un roman, dis-je.

— Comment pouvez-vous être si affirmative ? demanda Frau Kellermann en me jetant un regard sévère.

— Parce que seul un roman peut produire un tel effet.

— Ach ! Ne vous querellez pas, dit la Dame Avancée d'une voix douce. Oui c'est un roman — un roman sur la Femme Moderne. Car je crois que nous touchons à l'heure de la femme. C'est une œuvre mystérieuse et presque prophétique où la véritable femme avancée trouve son symbole ; non pas l'une de ces créatures violentes qui nient leur propre sexe et froissent leurs ailes fragiles sous... sous...

— Sous un tailleur anglais ? demanda Frau Kellermann.

— Je ne voulais pas m'exprimer ainsi. Je dirai plutôt : sous le vêtement menteur d'une fausse masculinité.

— Subtile distinction, murmurai-je.

— Quelle est donc, demanda Fräulein Elsa en levant un regard adorateur vers la Dame Avancée, quelle est donc à votre sens la vraie femme ?

— Celle qui incarne l'Amour compréhensif.

— Mais, ma chère Frau Professor, protesta Frau Kellermann, vous devez considérer combien l'on a peu d'occasions de faire preuve d'Amour aujourd'hui, dans le cercle de famille. Le mari est au travail tout le jour et naturellement désire dormir quand il revient à la maison — les enfants quittent le sein de leur mère et entrent à l'Université avant qu'on ait pu leur prodiguer la moindre tendresse.

— Mais l'Amour n'a rien à faire avec la prodigalité, dit la Dame Avancée. C'est la lampe qu'on porte en son sein et dont les rayons sereins effleurent toutes les hauteurs et les profondeurs de...

— La noire Afrique », murmurai-je cavalièrement.

Elle n'entendit pas.

« Notre erreur passée, en tant que sexe, dit-elle, fut de ne pas comprendre que notre don de donner concerne la totalité du monde — nous sommes le joyeux sacrifice de nous-mêmes.

— Oh ! cria Elsa en extase et prête à éclater en dons, comme je sais déjà cela ! Voyez-vous, depuis mes fiançailles avec Fritz, je partage le désir de donner à tout le monde, de tout partager.

— Extrêmement dangereux, dis-je.

— Rien que la beauté du danger ou le danger de la beauté, dit la Dame Avancée. Vous avez là tout l'idéal de mon livre — la femme n'est qu'un don. »

Je lui souris très gentiment. « Savez-vous, dis-je, moi aussi je voudrais écrire un livre : je le ferais sur la nécessité de soigner ses filles, de les emmener en promenade et de les éloigner des cuisines. »

L'élément masculin de notre « party » dut percevoir quelque chose de ces vibrations colériques : il cessa de chanter et tous ensemble nous sortîmes du bois pour voir bientôt Schlingen au-dessous de nous, lové dans son cercle de collines et ses maisons blanches brillant au soleil « absolument comme des œufs dans un nid », ainsi que le déclara Herr Erchardt. Descendus à Schlingen nous demandâmes du lait aigri, de la crème fraîche et du pain à l'auberge du Cerf Doré, fort accueillante avec ses tables dans une roseraie où des poules et leurs poussins menaient grand tapage, voletant même sur les tables vides et picotant les carreaux rouges des nappes. On brisa le pain dans les bols, ajoutant la crème et remuant le tout avec des cuillers de bois, sous l'œil de l'aubergiste et de sa femme.

« Temps superbe, dit Herr Erchardt en agitant sa cuiller dans la direction de l'aubergiste qui haussa les épaules.

— Quoi, vous ne le trouvez pas superbe ?

— Comme il vous plaira, dit l'aubergiste qui, de toute évidence, nous méprisait.

— Et quelle magnifique promenade, dit Fräulein Elsa faisant librement don de son plus charmant sourire à la femme de l'aubergiste.

— Je ne me promène jamais, dit la femme. Quand je veux aller à Mindelbau, mon mari m'y conduit en carriole — mes jambes ont mieux à faire que de se promener dans la poussière.

— J'aime ces gens, me confessa Herr Langen. Je les aime beaucoup, beaucoup. Je crois que je vais prendre une chambre ici pour tout l'été.

— Pourquoi ?

— Oh ! parce qu'ils vivent proche de la terre et par suite la méprisent. »

Il repoussa son bol de lait caillé et alluma une cigarette. Pour notre part nous mangeâmes solidement, sérieusement, jusqu'à voir les sept kilomètres et demi qui nous séparaient de Mindelbau s'étirer à l'infini devant nous. L'activité même de Karl était à ce point repue qu'il se coucha sur le sol et déboucla sa ceinture de cuir. Soudain Elsa se pencha sur l'épaule de Fritz et murmura quelque chose : après l'avoir écoutée et lui avoir demandé si elle l'aimait, il se leva et nous fit un petit discours.

« Nous — euh — désirerions célébrer nos fiançailles en — euh — vous priant de bien vouloir revenir avec nous dans la carriole de l'aubergiste si — euh — elle peut nous contenir.

— Oh ! la magnifique, la noble idée », dit Frau Kellermann la poitrine soulevée par un soupir de soulagement qui fit distinctement sauter deux agrafes.

« Ce sera mon petit cadeau », dit Elsa à la Dame Avancée que la vertu d'une triple portion faisait presque pleurer de gratitude.

Écrasés dans la carriole paysanne et conduits par l'aubergiste qui manifestait son mépris pour la terre maternelle en crachant sauvagement sur elle à tout instant, nous revînmes vers la maison tout meurtris de cahots et plus nous approchions de Mindelbau plus nous l'aimions et plus nous nous aimions les uns les autres.

« Il faudra faire beaucoup d'excursions comme celle-ci, me dit Herr Erchardt, car on est forcés de se mieux connaître dans le simple décor du plein air — on partage vraiment les mêmes joies — on sent l'amitié s'épanouir. Que dit votre

Shakespeare ? Un instant, j'y suis. Les amis que tu as et dont tu as éprouvé le choix, agrippe-les à ton âme avec des frettes d'acier.

— Mais, dis-je avec un sentiment très amical à son égard, l'ennui, avec mon âme, c'est qu'elle refuse d'agripper qui que ce soit — et je suis sûre que le poids mort d'un ami dont elle aurait éprouvé le choix la tuerait immédiatement. Jamais encore elle n'a montré la moindre apparence de frette. »

Il vint buter contre mes genoux et demanda pardon pour lui-même et la carriole.

« Ma chère petite dame, il ne faut pas prendre la citation au pied de la lettre. Naturellement on n'est pas physiquement conscient des frettes ; mais frettes il y a, pourtant, dans l'âme de celui ou de celle qui aime ses congénères... Considérez par exemple cet après-midi. Comment sommes-nous partis ? Comme des étrangers, pourrait-on presque dire, et pourtant, tous ici, comment revenons-nous ?

— En carriole », dit la-seule-joie-qui-restât-à-sa-mère, assis d'ailleurs sur les genoux de celle-ci et tourmenté du mal au cœur.

Nous longeâmes les champs que nous avions traversés et fîmes le tour par le cimetière. Herr Langen, se pencha sur le dossier du siège, et salua les tombes. Il était assis à côté de la Dame Avancée — au creux de son épaule. J'entendis la Dame

Avancée murmurer : « Vous avez l'air d'un petit garçon avec le vent dans votre chevelure. » Herr Langen, un petit peu moins amer, regarda s'éloigner les dernières tombes. Et elle murmura encore : « Pourquoi êtes-vous si triste ? Moi aussi je suis triste quelquefois... Mais... Vous avez l'air assez jeune pour que j'ose vous dire ceci... Je connais aussi de grandes joies.

— Que connaissez-vous ? » dit-il.

Je me penchai et touchai la main de la Dame Avancée. « Bonne après-midi, n'est-ce pas ? lui demandai-je. Mais voyez-vous, votre théorie sur les femmes et l'Amour — elle est vieille comme le monde — oh ! plus vieille ! »

Alors sur la route éclata un cri de triomphe. Oui, c'était encore lui — barbe chenue, mouchoir de soie et enthousiasme indompté.

« Que vous disais-je ? Huit kilomètres !

— Sept et demi ! hurla Herr Erchardt.

— Alors pourquoi retournez-vous en carriole ? Vous voyez bien que ce doit être huit kilomètres. »

Herr Erchardt se fit un porte-voix de ses mains et se dressa dans la carriole secouée tandis que Frau Kellermann se cramponnait à ses genoux. « Sept et demi !

— On ne doit pas laisser de telles ignorances s'affirmer librement », dis-je à la Dame Avancée.

# L'OSCILLATION DU PENDULE

La propriétaire frappa à la porte.

« Entrez, dit Viola.

— Une lettre pour vous, dit la propriétaire, recommandée — elle tendit l'enveloppe verte dans un coin de son tablier crasseux.

— Merci. » Viola, agenouillée sur le parquet et fourrageant dans les cendres de son petit poêle, étendit la main. « Pas de réponse ?

— Non, le messager est parti.

— Oh ! ça va. » Elle ne regarda pas franchement la propriétaire ; elle avait honte de n'avoir pas payé son terme et se demandait lugubrement, sans espoir d'ailleurs, si l'autre allait se lancer de nouveau dans ses arrogances.

« Pour cet argent que vous me devez... dit la propriétaire.

— Oh ! Dieu, la voilà partie, pensa Viola le dos tourné en faisant une grimace au poêle.

— Il faudra régler ou il faudra partir ! » La voix de la propriétaire s'éleva ; elle commença à beugler : « Je connais mon rang, moi, je suis une femme honorable et je vous le ferai savoir. Je ne veux pas dans ma maison de punaises qui se fourrent dans les fentes du mobilier et viennent tout me manger ici. Du bel argent ou bien, ouste ! vous sortez avant demain midi. »

Viola sentit, plutôt qu'elle ne vit, le geste de la femme. Elle lança son bras en avant d'un mouvement inutile et stupide comme si un oiseau dégoûtant était venu soudain lui voler en plein visage. Sale vieille bête ! Pouah ! Et cette odeur qu'elle a — vieux fromage et lessive humide.

« Très bien, répondit-elle sèchement, je paierai tout ou je partirai demain. Ça va : pas besoin de crier. »

C'était vraiment extraordinaire : toujours, avant même que cette femme l'approchât, elle se mettait à trembler — même le bruit de ses pieds plats montant lourdement l'escalier la rendait malade ; mais une fois qu'elles étaient face à face, elle se sentait infiniment calme et indifférente, incapable de comprendre pourquoi l'argent lui causait tant de soucis, pourquoi elle se faufilait hors de la maison sur la pointe des pieds, n'osant pas même fermer la porte derrière elle de peur que la propriétaire ne l'entendît et ne lui criât quelque chose de terrible, pourquoi enfin elle passait des nuits à aller et venir dans sa chambre, s'arrêtant brusquement face au miroir pour dire au tragique reflet devant elle : « De l'argent, de l'argent, de l'argent ! » Seule, sa pauvreté lui était comme une énorme montagne de cauchemar où ses pieds seraient enracinés — enracinement d'autant plus douloureux que la masse était plus énorme — mais quand il fallait agir de façon précise, sans le loisir de rien imaginer, la montagne de cauchemar s'amenuisait, devenait un petit tas d'ordures dégoûtant qu'on dépasse le plus vite possible, en se bouchant le nez, avec un mélange de colère et d'évidente supériorité.

La propriétaire sortit en claquant la porte et toute la pièce secouée trembla comme si elle avait écouté la conversation et partagé la fureur de la vieille sorcière.

Accroupie sur ses talons, Viola ouvrit la lettre. Elle était de Casimir :

« Je serai chez vous à trois heures cet après-midi et devrai encore repartir le soir. Je vous raconterai alors toutes les nouvelles. J'espère que vous êtes plus heureuse que moi. — Casimir. »

« Hmm ! Quelle bonté de sa part, dit-elle avec ironie, quelle condescendance ! C'est vraiment trop ! » Elle sauta sur ses pieds et fit une boule de la lettre. « Et comment savez-vous que je vais rester plantée ici à attendre votre bon plaisir jusqu'à trois heures de l'après-midi ? » Mais elle savait qu'elle resterait. Sa rage n'était qu'à demi sincère. Elle avait hâte de voir Casimir car elle était sûre, cette fois, de lui faire comprendre la situation... « Car, ainsi, c'est intolérable — intolérable ! » murmura-t-elle.

Il était alors dix heures du matin : un jour gris curieusement éclairé de pâles éclaircies intermittentes. Fouillée par ces lueurs soudaines, la pièce apparaissait délabrée, lugubre. La jeune femme abaissa les persiennes — mais elles laissaient filtrer une lumière obsédante et blanchâtre tout aussi désagréable. La seule chose en vie dans la pièce était, au milieu de la table, un pot de jacinthes que lui avait donné la fille de la propriétaire ; un parfum morbide s'exhalait de ses pétales charnus. Il avait même de riches boutons qui s'ouvraient et ses feuilles brillaient comme de l'huile.

Viola marcha vers la table de toilette, versa un peu d'eau dans la cuvette émaillée et se baigna le visage et le cou. Elle plongea tout le visage dans l'eau, ouvrit les yeux et balança la tête d'un côté à l'autre — délicieux. Elle recommença trois fois. « Je pourrais me noyer, je suppose, si je restais assez longtemps, songea-t-elle. Je me demande combien il faut de temps pour perdre connaissance ?... J'ai souvent lu l'histoire de femmes qui s'étaient noyées dans un seau. Est-ce qu'il entre de l'air par les oreilles — ou la cuvette doit-elle être aussi profonde qu'un seau ? » Elle tenta l'expérience — saisit la table de toilette à deux mains et lentement plongea la tête dans l'eau, quand on frappa de nouveau à la porte. Pas la propriétaire cette fois — ce devait être Casimir. Le visage et les cheveux dégouttants d'eau et son cache-corset ouvert, elle courut ouvrir.

Un étranger se tenait appuyé au chambranle. A son aspect il ouvrit de grands yeux et sourit. « Excusez-moi — est-ce que Fräulein Schäfer habite ici ?

— Non. Je n'ai jamais entendu ce nom. » Le sourire de l'homme était si contagieux qu'elle avait envie de sourire aussi et l'eau lui avait donné un teint rose et frais.

L'étranger montra un étonnement prodigieux. « Non ? cria-t-il. Vous voulez dire qu'elle est sortie ?

— Non, elle n'habite pas ici, répondit Viola.

— Mais pardon — un instant. » Il quitta le chambranle de la porte et se plaça droit devant elle. Il déboutonna son pardessus et tira de la poche intérieure une feuille de papier qu'il défroissa de sa main gantée avant de la lui tendre.

« Oui, c'est bien l'adresse exacte, mais il doit y avoir une erreur dans le numéro. Il y a tant de meublés dans cette rue, et si énormes ! »

Des gouttes d'eau tombaient de sa chevelure sur le papier. Elle éclata de rire. « Oh ! quelle allure je dois avoir — un instant ! » Elle revint d'un bond à la table de toilette et saisit une serviette. La porte était toujours ouverte... Après tout il n'y avait rien d'autre à dire. Pourquoi donc lui avait-elle demandé d'attendre un instant ? Elle jeta la serviette sur ses épaules et, soudain grave, revint à la porte. « Je vous demande pardon, je ne connais pas ce nom, dit-elle d'une voix dure.

— Moi aussi je vous demande pardon, dit l'étranger, y a-t-il longtemps que vous habitez ici ?

— Euh — oui — longtemps. Elle commença à fermer la porte lentement.

— Eh bien — bonjour et merci. J'espère ne vous avoir pas trop dérangée.

— Bonjour. »

Elle l'entendit s'éloigner dans le corridor puis s'arrêter — allumer une cigarette. Oui — le faible parfum d'une délicieuse fumée de cigarette entrait dans la pièce. Elle le renifla, de nouveau souriante. Ç'avait été un interlude charmant. Il avait l'air si étonnamment heureux : des vêtements confortables, des gants à gros boutons, cette chevelure magnifiquement peignée... et ce sourire... *Bon vivant* était le mot — exactement un garçon bien nourri, avec le monde pour terrain de sports. Les gens comme ça vous faisaient du bien — on se sentait toute changée à leur vue. Ils étaient *sains* — sains et solides. On pouvait compter sur eux : ils n'auraient pas un seul coup de folie du jour de leur naissance au jour de leur mort. Et la vie était leur complice, les faisait sauter sur son genou, — avec raison — d'ailleurs. A cet instant elle remarqua la lettre de Casimir en boule sur le sol et son sourire s'évanouit. Le regard fixé sur la lettre, elle commença à natter ses cheveux ; un sourd sentiment de rage l'envahissait ; elle eut l'impression de le natter aussi et de le nouer serré sur son crâne... Naturellement là avait été l'erreur dès le début. Quoi ? Eh bien ! le terrible sérieux de Casimir. Si elle-même avait été heureuse lors de leur première rencontre, jamais elle ne l'aurait regardé ; mais ils étaient comme deux malades dans la même salle d'hôpital, chacun trouvant quelque réconfort dans le mal de l'autre — exquises fondations pour y bâtir un amour ! Le malheur avait durement poussé leurs têtes l'une contre l'autre ; ils s'étaient regardés, abrutis du choc, et avaient sympathisé... « Je voudrais pouvoir me dégager de toute cette histoire et simplement la juger — alors je trouverais une issue. Bien sûr j'étais amoureuse de Casimir... Oh ! sois donc sincère une bonne fois. » Elle se jeta sur le lit, se cacha le visage dans le coussin. « Je n'étais pas amoureuse. J'avais besoin de quelqu'un qui s'occupe de moi — qui me soutienne jusqu'au moment où je commencerais à vendre — et il a écarté les tracasseries des autres hommes. Que serait-il arrivé s'il n'était pas venu ? J'aurais mangé mes quatre sous et puis... Oui, voilà ce qui m'a décidée, la pensée de cet « et puis ». Il était la seule solution. D'ailleurs je croyais en lui à ce moment-là. Je pensais que son œuvre, une fois reconnue, le ferait rouler sur l'or. Je pensais que nous allions être pauvres un mois peut-être — mais il me disait que si seulement il m'avait, ce serait un coup de fouet pour son talent... Drôle ! si ce n'était pas salement tragique ! C'est juste le contraire qui est arrivé ; il n'a rien publié depuis des mois — moi non plus, mais alors je ne l'espérais pas pour moi. Oui, la vérité c'est que je suis dure et amère et que je n'ai ni foi ni amour pour les hommes qui échouent. Je finis toujours par les mépriser comme je méprise Casimir. Sans doute est-ce l'orgueil sauvage de la femelle qui aime à penser que l'homme à qui elle s'est donnée doit être vraiment un très grand chef. Mais cuire dans son jus, dans cette maison dégoûtante, pendant que Casimir bat la campagne dans l'espoir de trouver ouverte la porte de quelque éditeur — quelle humiliation ! Cela a changé tout mon naturel. Je n'étais pas née pour la pauvreté — je ne m'épanouis que parmi les vrais bons vivants et les gens qui n'ont jamais de soucis. »

La silhouette de l'étranger se dressa devant elle — refusa de se laisser chasser. « Voilà l'homme qu'il me fallait, somme toute — un homme sans souci, qui me donnerait tout ce dont j'ai besoin, auprès de qui j'aurais toujours l'impression de vivre et d'être en contact avec le monde. Je n'ai jamais eu envie de me battre — on m'y a contrainte. En vérité il y a en moi une source de bonheur que tarit peu à peu cette existence abominable. Je vais mourir si cela continue — et... » — elle se leva sur le lit et tendit les bras — « j'ai besoin de passion, d'amour, d'aventure — un besoin ardent. Pourquoi resterais-je ici à pourrir ? Oui, je pourris ! » cria-t-elle. Le son brusque de sa voix lui redonna du courage. « Mais si je dis tout cela à Casimir quand il viendra cet après-midi et s'il me dit « Pars » — comme il fera certainement — une autre chose que je déteste en lui — il plie toujours — que ferai-je alors ? où irai-je ? » Il n'y avait nulle part où aller. « Je ne veux pas travailler — ou me tailler moi-même une carrière. Je veux le bien-être et toute espèce de petits soins au sein du luxe. Il n'y a qu'une chose pour laquelle je sois faite : être une grande courtisane ». Mais elle ne savait comment y parvenir.

La rue lui faisait peur — elle avait entendu, sur ce qui arrivait à ces femmes, des histoires affreuses — des hommes avec des maladies — des hommes qui ne paient pas — et puis l'idée d'un étranger chaque nuit — non, il n'en était pas question. « Si j'avais les robes qu'il faut j'irais dans un hôtel vraiment bien et je trouverais un homme riche : comme l'étranger de ce matin. Lui, ce serait l'idéal. Oh ! si seulement j'avais son adresse — je suis sûre que je le charmerais. Je l'amuserais tout le jour — je le ferais me donner de l'argent sans compter... » A cette pensée une douce chaleur l'envahit. Elle se mit à rêver d'une maison somptueuse, d'armoires pleines de robes et de parfums. Elle se vit monter dans des voitures — jeter à l'étranger un regard plein de mystère et de volupté (allongée sur le lit elle essaya ce regard), et vivre sans jamais d'autre souci, rien qu'une ivresse de bonheur. Voilà la vie qui lui convenait. Eh bien ! la seule chose à faire était de laisser Casimir poursuivre sa chasse aux chimères ce soir et, pendant son absence — quoi ? D'autre part — prière de ne pas oublier — il fallait payer le terme avant demain midi et elle n'avait pas même l'argent d'un dîner. A cette pensée elle se sentit à l'estomac une crampe aiguë : on eût dit qu'une main le pressait comme un citron. Elle avait une faim terrible — tout cela était la faute de Casimir — et l'autre homme avait à coup sûr grassement vécu depuis sa naissance. Il avait l'air de pouvoir commander un repas magnifique. Oh ! pourquoi n'avait-elle pas mieux joué ses atouts ? La Providence le lui avait envoyé et elle l'avait écarté. « Si la chose était à recommencer je serais tranquille maintenant. » A la place de l'homme ordinaire qui lui avait parlé à la porte, son imagination créait l'image d'un être brillant et rieur qui la traiterait en reine. « Il y a une seule chose que je ne pourrais supporter — qu'il soit grossier ou vulgaire. Mais il n'était rien de tout cela ; c'était évidemment un homme du monde et la façon dont il s'est excusé... J'ai assez confiance dans mon propre pouvoir et ma beauté pour savoir que je puis amener un homme à me traiter comme j'ai envie d'être traitée. » Tout le temps, dans ses rêves, flottait le doux parfum de la cigarette. Et soudain elle se souvint qu'elle n'avait entendu aucun pas descendre l'escalier de pierre. Était-il possible que l'étranger fût toujours là ?... C'était une idée trop absurde — la Vie n'a pas de ces caprices — et cependant... elle était tout à fait consciente de sa présence proche. Sans bruit elle se leva, décrocha derrière la porte un long peignoir blanc, le boutonna avec un sourire malin. Qu'allait-il arriver ? Elle pensait seulement « Oh ! que c'est drôle ! » avec l'impression qu'ils jouaient un jeu délicieux — l'étranger et elle. Très doucement elle tourna la poignée de la porte et se mordit la lèvre avec une grimace quand le penne se déclencha sèchement. Naturellement *il* était là, appuyé à la rampe. Il tourna sur ses talons quand elle se glissa dans le corridor.

« Ah ! murmura-t-elle en serrant étroitement autour d'elle les plis de son peignoir, dire qu'il faut descendre chercher du bois. Brr ! quel froid !

— Il n'y a plus de bois, lança l'étranger. Elle poussa un petit cri d'étonnement puis secoua la tête.

— Vous encore ? » dit-elle d'un ton méprisant. Cependant elle ne cessait de voir le rire de ses yeux et de sentir l'odeur fraîche de son corps sain.

« La propriétaire vient de crier qu'il n'y avait plus de bois. Je viens juste de la voir sortir pour aller en acheter. »

« Mensonge, mensonge ! » eut-elle envie de crier. Il était venu tout près d'elle et penché murmurait :

« N'allez-vous pas me demander de finir chez vous ma cigarette ? »

Elle inclina la tête. « Vous pouvez, si cela vous fait plaisir. »

Un moment ensemble dans le corridor, et voilà le miracle. La pièce était toute changée —

pleine d'une douce lumière et du parfum des jacinthes. Même le mobilier paraissait différent — amusant. En un éclair elle se souvint de réunions enfantines où l'on jouait aux charades et où l'un des groupes quittait la pièce pour revenir ensuite jouer un mot — juste ce qu'elle faisait maintenant. L'étranger alla vers le poêle et s'assit dans le fauteuil. Elle n'avait aucune envie qu'il parlât ou s'approchât d'elle — il suffisait de le voir dans la pièce, si sûr de lui-même et si heureux. Quelle faim elle avait eue jusqu'ici d'une présence semblable : quelqu'un qui ne sût rien d'elle, ne posât pas de questions mais simplement vécût. Viola courut vers la table et de ses bras entoura le pot de jacinthes.

« C'est beau, c'est beau », cria-t-elle. Elle enfouit sa tête dans les fleurs et respira avidement le parfum. Puis par-dessus les feuilles elle jeta un regard vers l'homme et rit.

« Vous êtes un drôle de petit oiseau, dit-il d'une voix paresseuse.

— Pourquoi ? Parce que j'aime les fleurs ?

— J'aimerais bien mieux que vous aimiez d'autres choses, dit l'étranger lentement. Elle détacha un petit pétale rose et sourit en le regardant.

— Permettez-moi de vous envoyer des fleurs, dit l'étranger. J'en emplirai votre pièce si vous les aimez. »

Sa voix était un peu effrayante. « Oh ! non, merci. Celles-ci me suffisent tout à fait.

— Non, elles ne vous suffisent pas. » La voix était taquine et irritante.

Quelle réponse stupide, pensa Viola. Elle le considéra et il lui parut moins « bon vivant » Elle remarqua qu'il avait les yeux trop rapprochés et trop petits. C'était horrible de penser qu'il pût se montrer stupide.

« Que faites-vous tout le jour ? demanda-t-elle en hâte.

— Rien.

— Rien du tout ?

— Pourquoi ferais-je quelque chose ?

— Oh ! n'imaginez pas un instant que je condamne une telle sagesse — seulement ça a l'air trop beau pour être vrai.

— Quoi donc ? » Il tendit le cou. « Qu'est-ce qui a l'air trop beau pour être vrai ? » Oui — on ne pouvait le nier — il avait l'air stupide.

« Je suppose que votre recherche de Fraülein Schäfer n'occupe pas toutes vos journées.

— Oh ! non — il eut un large sourire — ça c'est bon ! — Diable non ! Je me promène pas mal en voiture — aimez-vous les chevaux ? »

Elle inclina la tête. « Je les adore.

— Il faut venir avec moi — j'ai un bel attelage de gris. Voulez-vous ?

— J'aurais fière allure perchée derrière l'attelage avec mon seul et unique chapeau », pensa-t-elle. Et tout haut : « J'aimerais beaucoup ». Cette acceptation facile le charma.

« Pourquoi pas demain ? suggéra-t-il. Si vous déjeuniez avec moi demain et que je vous emmène ensuite ? »

Après tout — ce n'était qu'un jeu. « Oui, je suis libre demain », dit-elle.

Il y eut un silence puis l'étranger se tapota le genou.

« Pourquoi ne venez-vous pas vous asseoir ? » dit-il.

Elle feignit de ne rien voir et resta penchée sur la table. « Oh ! je suis très bien ici.

— Non, vous n'êtes pas bien. » De nouveau la voix irritante. « Venez vous asseoir sur mes genoux.

— Oh ! non, dit Viola nettement, soudain très occupée par sa coiffure.

— Pourquoi non ?

— Je n'en ai pas envie.

— Allons, venez. » Il s'impatientait.

Elle secoua la tête d'un côté à l'autre. « La pensée même ne m'en a jamais effleurée. »

Du coup il se leva et s'avança vers elle. « Drôle de petit chat ! » Il leva la main pour lui toucher les cheveux.

« Non, dit-elle, et elle se laissa glisser de la table. Je, je pense qu'il est temps maintenant que vous partiez. » Une grande peur l'avait envahie. Elle n'avait qu'une pensée : il faut se débarrasser de cet homme aussi vite que possible.

« Oh ! mais vous ne voulez pas que je parte ?

— Si, je veux — j'ai fort à faire.

— A faire ? Qu'est-ce que le petit chat fait tout le jour ?

— Des tas de choses. » Elle aurait voulu le pousser dehors et faire claquer la porte sur son dos — idiot — imbécile — cruel désappointement !

« Pourquoi fronce-t-elle le sourcil ? demanda-t-il. Elle a de gros ennuis. » Puis soudain sérieux. « Je veux dire — avez-vous des difficultés financières ? Voulez-vous de l'argent ? Je vous en donnerai si vous voulez.

— De l'argent ! Serre le frein — ne perds pas la tête ! se dit-elle.

— Je vous donnerai deux cents marks si vous m'embrassez.

— Peuh ! Quelle condition ! Et je n'ai aucune envie de vous embrasser — je n'aime pas embrasser. Ayez la bonté de partir.

— Mais si, vous aimez — mais si, vous aimez. » Il lui prit les bras au-dessus du coude. Elle se débattit et fut tout étonnée de sentir à quel point elle était en colère.

« Lâchez-moi immédiatement », cria-t-elle. Il lui glissa un bras autour de la taille et l'attira vers lui. C'était comme une barre de fer en travers de son dos, ce bras. « Laissez-moi, vous dis-je. Ne soyez pas vulgaire à ce point. Je ne voulais rien de tout cela quand vous êtes entré chez moi ! Comment osez-vous ?

— Eh bien ! embrassez-moi et je partirai. »

C'était trop idiot — esquiver ce visage stupide et souriant !

« Je ne vous embrasserai pas ! Brute ! Je ne veux pas ! » Elle parvint à glisser de ses bras et courut vers le mur, s'y adossa. Elle haletait.

« Sortez ! bégaya-t-elle. Sortez tout de suite. Fichez-moi le camp. »

A cet instant, quand il ne la touchait pas, elle était vraiment contente d'elle-même. La colère de sa propre voix la fit frémir de plaisir. « Moi, parler à un homme comme ça ? » Une rougeur irritée se répandait sur le visage de l'étranger — ses lèvres retroussées montraient ses dents — tout à fait comme un chien, pensa Viola. Il se précipita vers elle et la maintint contre le mur, pesant sur elle de tout son corps. Cette fois elle ne pouvait échapper.

« Je ne veux pas vous embrasser. Je ne veux pas. Cessez ! Pouah ! Vous ressemblez à un chien — allez chercher vos amours autour des reverbères — bête — brute ! »

Il ne répondait pas. Avec une expression de résolution tout à fait absurde il pesait toujours plus lourdement sur elle. Il ne la regardait même pas, mais d'une voix rauque répétait seulement : « Tiens-toi tranquille, tiens-toi tranquille.

— Ah ! Pourquoi les hommes sont-ils si forts ? » Elle se mit à pleurer. « Allez-vous-en, je ne veux pas de vous, sale individu. Je voudrais vous tuer. Oh ! Dieu, si j'avais un couteau !

— Ne sois pas stupide — viens et sois sage. Il la traînait vers le lit.

— Me croyez-vous une femme légère ? grogna-t-elle et, plongeant brusquement, elle enfonça les dents dans sa main gantée.

— Ach ! Ne fais pas ça — tu me fais mal. »

Elle ne lâcha pas. Son cœur disait « Loué soit Dieu de m'avoir donné cette idée ».

« Lâche tout de suite, salope, garce ! » Il la repoussa. Elle vit avec joie que ses yeux étaient pleins de larmes. « Vous m'avez fait vraiment mal, dit-il d'une voix étranglée.

— Bien sûr, c'est ce que je voulais. Et ce n'est rien à côté de ce que je ferai si vous me touchez encore. »

L'étranger saisit son chapeau. « Non merci, dit-il sourdement. Mais je n'oublierai pas ceci — je m'en vais de ce pas chez votre propriétaire.

— Peuh ! » Elle rit avec un haussement d'épaules. « Je lui dirai que vous avez forcé ma porte et tenté de me violer. Qui croira-t-elle, avec votre main mordue ? Allez donc trouver vos Schäfer. »

Un sentiment de bonheur splendide, enivrant, envahit soudain Viola. Elle roula vers l'étranger des yeux furieux. « Si vous ne filez à l'instant je vous mords encore », dit-elle, et l'absurdité de ses propres paroles la fit éclater de rire. La porte était refermée et elle entendait l'homme descendre l'escalier qu'elle riait et dansait toujours dans la pièce.

Quelle matinée ! Un point pour moi sur l'ardoise ! C'était sa première bataille et elle l'avait gagnée — elle avait vaincu la bête — toute seule. Ses mains tremblaient encore. Elle retroussa la manche de son peignoir — de grandes marques rouges marbraient ses bras. « J'aurai des bleus sur les côtes. J'aurai des bleus partout, réfléchit-elle. Si seulement ce bien-aimé Casimir avait pu nous voir. » Son sentiment de rage et de dégoût contre Casimir avait totalement disparu. Est-ce que c'était de sa faute, au pauvre chéri, s'il n'avait pas d'argent ? Elle en était responsable autant que lui, et lui, comme elle, était à l'écart du monde, se battait contre le monde, exactement comme elle venait de le faire. S'il pouvait être trois heures ! Elle se vit courir à sa rencontre, lui jeter les bras autour du cou. « Mon bien-aimé ! Naturellement nous gagnerons tous les deux. M'aimes-tu encore ? Oh ! j'ai été très méchante ces derniers temps. »

# LA FLAMBÉE

« Max, bougre d'idiot, vous allez vous rompre le cou si vous descendez la pente en menant le traîneau de cette façon. Lâchez ça et venez avec moi au club prendre un peu de café.

— J'en ai assez pour aujourd'hui. Je suis mouillé jusqu'aux os. Victor, mon vieux, donnez-moi une cigarette. Quand rentrez-vous ?

— Pas avant une heure. Il fait beau cet après-midi et je commence à être en forme. Prenez garde, écartez-vous de la piste. voici Fräulein Winkel qui vient. Quelle sacrée élégance dans la façon dont elle conduit son sleigh !

— Pour moi je suis transi. C'est l'inconvénient de cet endroit — le brouillard — le froid humide. Tiens, Forman, prends mon sleigh et fourre-le quelque part où je puisse le trouver demain matin sans avoir d'abord à en examiner cent cinquante autres. »

Ils s'assirent à une petite table ronde près du poêle et commandèrent du café. Victor, vautré dans son fauteuil et caressant son petit chien brun Bobo, considéra Max d'un air de demi-raillerie.

« Qu'avez-vous donc, mon cher ? Le monde n'est-il pas charmant ?

— Je voudrais bien mon café et je voudrais aussi mettre mes pieds dans ma poche — ils sont comme des pierres... Je ne mangerai rien, merci — ici le cake est comme du caoutchouc pas assez cuit. »

Fuchs et Wistuba vinrent s'asseoir à leur table. Max, se détournant à moitié, étendit les pieds vers le poêle. Les trois autres hommes se mirent aussitôt à parler du temps, du championnat de ski, de la qualité admirable du Wald See pour le patinage.

Soudain Fuchs jeta un regard à Max, leva les sourcils et fit un signe à Victor qui secoua la tête.

« Bébé ne se sent pas bien, dit-il en offrant au chien brun des morceaux de sucre, et personne ne doit le déranger — c'est moi l'infirmière.

— C'est la première fois que je le vois pâlir, dit Wistuba. J'avais toujours imaginé qu'il possédait le meilleur lot du monde et qu'on ne pouvait le lui prendre. Il doit être en train de remercier le Seigneur de lui avoir épargné d'être ramené ce soir en pièces détachées à sa maison. Il faut être idiot pour risquer sa peau sur une carte et risquer de laisser sa patrie dans la désolation.

— Fermez-la, dit Max. Il faudra vous faire balader sur la neige dans une voiture d'enfant.

— Oh ! je ne vous ai pas froissé, j'espère. Ne mordez pas... Comment va votre femme, Victor ?

— Pas très bien. Elle s'est blessée à la tête dimanche en descendant la pente avec Max. Je lui ai dit de rester à la maison toute la journée.

— J'en suis fâché. Dites donc, allez-vous retourner à la ville ou rester ici ? »

Fuchs et Victor dirent qu'ils restaient. Max ne répondit pas mais demeura immobile tandis que les hommes, ayant payé leur café, s'en allaient. Victor revint un moment et lui mit la main sur l'épaule.

« Si vous rentrez directement, mon cher ami, ayez la bonté de passer chez Elsa et de lui dire que je rentrerai tard. Puis venez bouffer avec nous ce soir à Limpold, voulez-vous ? Et prenez un bon grog chaud chez vous.

— Merci mon vieux, ça va. Je rentre aussitôt. »

Il se leva, s'étira, boutonna son lourd manteau et alluma une autre cigarette.

De la porte, Victor le regarda plonger dans la neige épaisse — tête en avant, mains fourrées dans les poches — il semblait presque courir vers la ville.

. . . . . . . . . . . . . . . .

Un pas lourd monta l'escalier et s'arrêta à la porte du salon. On frappa.

« Est-ce vous, Victor ? appela-t-elle.

— Non, c'est moi... Puis-je entrer ?

— Naturellement. Eh bien, quel Père Noël ! Suspendez votre manteau sur le palier et secouez votre personne par-dessus la rampe. Vous êtes-vous amusé ? »

La pièce était pleine de lumière et de chaleur. Elsa, dans une robe d'après-midi en velours blanc, était couchée en boule sur le sofa — un journal de modes sur les genoux, une boîte de bonbons à côté d'elle. Les rideaux n'étaient pas encore tirés devant les fenêtres que traversait une lumière bleue où écumaient les blancheurs des arbres.

Une pièce féminine — pleine de fleurs, de photographies, de coussins de soie, avec un parquet étouffé de tapis et, sous le piano, une immense peau de tigre dont la tête seule avançait, ensommeillée et cruelle.

« Ce n'était pas mal, dit Max. Victor ne pourra rentrer que tard. Il m'a demandé de monter vous le dire. »

Il se mit à marcher à travers la pièce, arrachant ses gants et les jetant sur la table.

« Finissez, Max, dit Elsa, vous me portez sur les nerfs. Et j'ai un tel mal de tête aujourd'hui ; je suis fiévreuse et toute rouge... N'est-ce pas que je suis toute rouge ? »

Il s'arrêta près de la fenêtre et la considéra un instant par-dessus son épaule.

« Non, dit-il, je n'avais pas remarqué.

— Oh ! vous ne m'avez pas bien regardée. J'ai une robe neuve aussi. » Elle en arrangea les plis et tapota une petite place à côté d'elle sur le sofa.

« Venez vous asseoir près de moi et me dire pourquoi vous faites le méchant. »

Mais lui, debout devant la fenêtre, se mit soudain le bras devant les yeux.

« Oh ! dit-il, je ne puis pas. Je suis fini — je suis à bout... »

Silence dans la pièce. Le journal de modes tomba sur le sol dans un bref froissement de feuilles. Elsa s'assit au bord du sofa, les mains jointes sur ses genoux ; une étrange lueur brillait dans ses yeux ; le fard de ses lèvres éclatait.

Elle parla très tranquillement.

« Venez ici vous expliquer. Je ne sais pas du tout de quoi vous parlez.

— Vous le savez bien — vous le savez mieux que moi. Vous avez joué avec Victor en ma présence simplement pour me rendre plus malheureux. Vous m'avez tourmenté — vous m'avez fait marcher — m'offrant à la fois tout et rien. Du commencement à la fin nous avons joué le jeu de l'araignée et de la mouche, et pas un instant je ne l'ai ignoré, et pas un instant je n'ai pu le supporter. »

Il se tourna franchement vers elle.

« Croyez-vous donc, après m'avoir prié d'épingler vos fleurs à votre robe du soir — après m'avoir laissé entrer dans votre chambre en l'absence de Victor pendant que vous vous coiffiez — après avoir fait le bébé que je nourrissais de raisins — après avoir couru vers moi et fouillé toutes mes poches pour une cigarette, sachant parfaitement où je les mettais, fouillant néanmoins toutes les poches, moi-même sachant tout cela, d'ailleurs, et jouant mon rôle dans la farce — croyez-vous donc qu'après avoir enfin allumé votre feu de joie vous allez y trouver une agréable et paisible distraction et empêcher que toute la maison ne brûle ? »

Elle pâlit soudain et se mordit la lèvre.

« Ne me parlez pas ainsi. Vous n'avez pas le droit de me parler ainsi. Je suis la femme d'un autre.

— H'm ! dit-il d'un ton méprisant en renversant la tête, il est un peu tard pour jouer cette carte, celle sur laquelle vous avez bluffé tout le temps. Vous n'aimez Victor qu'à la mode des chats — pauvre petit chaton affamé à qui il a tout donné et qu'il a porté dans sa poitrine sans imaginer que les petites griffes roses pourraient déchirer un cœur d'homme. »

Elle fit un mouvement et le considéra presque avec de la peur dans les yeux.

« Après tout, dit-elle faiblement, vous êtes chez moi ; je vais devoir vous prier de partir. »

Mais il trébucha vers elle, s'agenouilla près du sofa, enfouit la tête dans sa robe et lui prit la taille à deux bras.

« *Et je vous aime.* — Je vous aime. Quelle humiliation ! Je vous adore. Non, non, laissez-moi là une minute — un seul instant dans toute une vie — Elsa ! Elsa ! »

Elle se renversa en arrière et enfonça sa tête dans les coussins.

Étouffée, la voix poursuivit : « Je me sens redevenir sauvage. Je veux tout votre corps. Je veux vous emporter dans une grotte et vous aimer jusqu'à vous tuer — vous ne pouvez pas comprendre ce qu'un homme ressent. Cela me tue de vous voir — je suis malade de ma propre force qui se dévore elle-même et meurt et renaît comme un phénix des cendres de cette horrible mort. Aidez-moi seulement cette fois, mentez-moi, *dites* que vous m'aimez — vous mentez toujours. »

Loin d'obéir elle le repoussa effrayée.

« Levez-vous, dit-elle. Si la servante entrait avec le thé ?

— Oh ! Dieu ! » Il se remit sur ses pieds en vacillant et, debout, la considéra fixement.

« Vous êtes gâtée jusqu'au cœur. Moi aussi. Mais vous êtes diaboliquement belle. »

La femme marcha vers le piano — s'arrêta, frappa une note, les sourcils froncés. Puis elle haussa les épaules et sourit.

« Je vais vous faire une confession. Chaque mot que vous avez dit est vrai. Je n'y puis rien. Je ne peux pas plus m'empêcher de rechercher l'admiration qu'un chat de rechercher les caresses. C'est ma nature. J'aurais dû naître dans un autre temps. Et cependant, vous le savez, je ne suis pas une femme *commune*. Il me plaît que les hommes m'adorent, me flattent, me fassent la cour — mais je ne me donnerai jamais à personne. Je ne laisserai même jamais personne m'embrasser...

— C'est donc infiniment pire — vous n'avez aucune excuse légitime. Quoi ? même une prostituée a plus de générosité.

— Je le sais, dit-elle, je le sais parfaitement — mais je ne puis pas me changer... Vous partez ? »

Il mit ses gants.

« Eh bien ! dit-il, que va-t-il advenir de nous maintenant ? »

De nouveau elle leva les épaules.

« Je n'en ai pas la moindre idée. Je n'ai jamais la moindre idée — je laisse les choses arriver. »

. . . . . . . . . . . . . . .

« Toute seule ? cria Victor. Max est-il venu ?

— Il n'est resté qu'un instant et n'a même pas voulu prendre le thé. Je l'ai envoyé changer de vêtements... Il était horriblement ennuyeux.

— Pauvre chérie ! Une mèche de vos cheveux tombe. Je vais l'arranger, tenez-vous un instant tranquille... Ainsi il vous a ennuyée ?

— H'm — horriblement... Oh ! voilà que vous enfoncez une épingle à cheveux dans la tête de votre femme ? Méchant ! »

Elle lui jeta les bras autour du cou et leva les yeux vers lui en riant à demi, comme une enfant aimante et belle.

« Dieu, quelle femme vous êtes, dit l'homme, vous me rendez si infernalement orgueilleux de vous, ma chérie, que je... je vous le dis ! »

FIN DE PENSION ALLEMANDE

# NOUVELLES DIVERSES

# HISTOIRE D'UN HOMME MARIÉ

C'est le soir. Le dîner est terminé. Nous avons quitté la petite salle à manger pour regagner le bureau, où le feu est allumé. Tout est comme de coutume. Je suis installé à ma table de travail, placée obliquement dans une encoignure ; assis derrière, je fais face à la pièce. La lampe surmontée d'un abat-jour vert est allumée. J'ai devant moi deux grands livres de références, ouverts tous les deux, une pile de journaux... tout l'appareil d'un homme extrêmement occupé. Ma femme, tenant son petit garçon sur les genoux, est assise sur une chaise basse, devant le feu. Elle va coucher le bébé, puis elle desservira la table et empilera les plats dans la cuisine, pour la petite bonne qui viendra faire la vaisselle demain matin. Mais la chaleur, le calme, le bébé assoupi l'ont rendue songeuse. Un des petits chaussons de laine rouge est enlevé, l'autre pas. Ma femme est assise, penchée en avant, elle serre le petit pied nu et considère le feu ; la flamme jaillit, retombe, brille de nouveau et l'ombre de ma femme, une immense *Madone à l'Enfant*, apparaît sur le mur et s'évanouit...

Dehors il pleut. J'aime me représenter la fenêtre froide, mouillée, là, derrière le store, et plus loin les buissons noirs du jardin, aux larges feuilles brillantes de pluie. Derrière la grille, la route est luisante, les deux petites gouttières chantent, enrouées, l'une en face de l'autre ; les reflets clignotants des réverbères font penser à des poissons scintillants. Je suis ici et là-bas en même temps ; je lève la tête vers le ciel sombre et il me semble qu'il doit pleuvoir sur le monde entier ; toute la terre est trempée, partout la pluie tombe avec un bruit doux et rapide, tambourine avec un bruit sec et régulier, fait un glouglou qui ressemble à un sanglot mêlé de rire ou à ce léger clapotis joyeux de l'eau qui tombe dans les lacs tranquilles et les fleuves débordants. Au même instant j'arrive dans une étrange cité, je me glisse sous la capote d'un cab, le cocher ôte prestement la couverture du cheval qui souffle avec bruit, nous courons d'un abri à l'autre, nous suivons une personne, nous faisons un écart pour en éviter une autre. Je sens que nous longeons de grandes maisons, elles ont clos portes et volets pour se protéger contre la nuit ; les balcons ruissellent de pluie et les pots de fleurs sont inondés. Je traverse des jardins abandonnés, j'entre dans des serres qui sentent le moisi. (Vous savez comme le bois d'une serre est mou, presque croulant, quand il pleut.) Je suis debout, au bord d'un quai sombre, je remets mon ticket dans la main rouge et humide d'un vieux matelot qui porte un vêtement de toile cirée. La mer sent fort ! Les bateaux à l'ancre s'entrechoquent bruyamment ! Je traverse une cour de ferme, je suis encapuchonné d'un vieux sac, je porte une lanterne, et le chien, qui ressemble à un paillasson trempé, se secoue sur moi. Maintenant je marche le long d'une route déserte. Impossible d'éviter les flaques d'eau, et les arbres s'agitent, s'agitent...

On pourrait continuer semblable catalogue indéfiniment — on pourrait aller jusqu'à soulever une feuille d'arum et découvrir les minuscules colimaçons qui s'y attachent, jusqu'à compter... et quoi encore ?... Mais ces descriptions ne semblent être que des indices, des traces de mes impressions, les vertes traînées brillantes que laissent des pas sur l'herbe humide. Ce n'est pas l'impression elle-même. Tandis que je fais cette réflexion, une voix superbe, lugubre, monte dans ma poitrine. Oui, elle se rapproche davantage de ce que je voudrais exprimer. Quelle voix !

Quelle puissance ! Quelle douceur veloutée ! C'est une merveille !... Soudain ma femme se retourne vivement. Elle sait (depuis combien de temps ?) que je ne travaille pas. C'est étrange, elle regarde bien en face, pourtant son sourire est très timide et elle dit d'une voix hésitante : « A quoi penses-tu ? »

Je souris et je pose deux doigts en travers de mon front, suivant mon habitude. Je réponds doucement : « A rien. »

A ces mots, elle s'agite et, essayant de ne pas donner d'importance à ses paroles, elle dit : « Oh, mais tu devais penser à quelque chose ! »

Je rencontre alors son regard, en face, et j'ai l'impression que son visage tremble un peu. Ne s'habituera-t-elle jamais à ces petits mensonges sans importance, pour ainsi dire quotidiens. N'apprendra-t-elle jamais à ne pas s'exposer à ces chocs ou bien à se cuirasser ?

« Vraiment, je ne pensais à rien ! »

C'est fait, je vois que le coup a porté. Elle se détourne, enlève au bébé l'autre chausson rouge; elle l'assied, commence à le déboutonner par derrière. Je me demande si ce petit paquet mou qu'elle fait rouler voit quelque chose, sent quelque chose ! Maintenant elle le retourne sur son genou et les bras et les jambes s'agitent mollement ; dans cette lumière, il ressemble étrangement à un jeune crabe. Chose curieuse, je ne puis concevoir le lien qui existe entre lui, ma femme et moi ; je ne l'ai jamais accepté comme nôtre. Chaque fois que j'entre dans le vestibule et que je vois la petite voiture, je me prends à penser : « Tiens, quelqu'un a amené un bébé. » Quand ses cris m'éveillent la nuit, je suis tenté de reprocher à ma femme d'avoir fait entrer ce bébé. A vrai dire, bien que ma femme possède sans doute un vif instinct maternel, elle ne me semble pas appartenir à ce type de femmes destinées à porter des enfants dans leur sein. C'est tout autre chose. Je ne vois pas en elle cette aisance, cet enjouement pour ainsi dire animal, cette façon d'embrasser rapidement son enfant, de le dorloter comme font les jeunes mères. Il n'y en a chez elle aucune trace. Je crois qu'en lui attachant son bonnet elle a les sentiments d'une tante plutôt que d'une mère. Certes, je puis me tromper, peut-être a-t-elle pour lui un attachement passionné... mais je ne le crois pas. Quoi qu'il en soit, n'est-il pas légèrement indécent d'éprouver pareils sentiments touchant sa propre femme ? Indécentes ou non, telles sont mes impressions. D'autre part, comment puis-je espérer raisonnablement que ma femme, une femme dont le cœur est brisé, va passer son temps à jouer avec son bébé ? Mais c'est à côté de la question. Elle n'a jamais joué avec lui un instant, même quand son cœur était intact.

Maintenant elle a porté le petit au lit. J'entends son pas tranquille et régulier, elle va et vient de la salle à manger à la cuisine et le bruit des assiettes l'accompagne. Maintenant tout est silencieux. Que se passe-t-il ? Oh, je le sais aussi sûrement que si j'étais allé voir ; elle est debout au milieu de la cuisine, face à la fenêtre ruisselante de pluie. Elle baisse la tête, le bout de son doigt trace des figures, n'importe lesquelles, sur la table. Il fait froid dans la cuisine, le gaz saute, le robinet fuit, c'est un tableau de désolation. Et nul ne viendra par derrière la prendre dans ses bras, baiser sa chevelure soyeuse, l'amener près du feu et frotter ses mains pour les réchauffer. Nul ne l'appellera, nul ne se demandera ce qu'elle fait là. Elle le sait. Et pourtant, parce qu'elle est femme, au fond, au fin fond de son cœur, elle attend que le miracle se produise, et elle préfère s'accrocher à cette morne, morne illusion, plutôt que de se résigner à vivre ainsi.

⁂

Vivre ainsi... J'écris ces mots très soigneusement, d'une belle écriture. Je ne sais pour quelle raison j'ai envie de les signer ou d'écrire au-dessous : En essayant une plume neuve. Sérieusement, n'est-il pas stupéfiant de songer à ce que peut contenir une seule petite phrase d'aspect innocent ? Je suis tenté, terriblement tenté de le savoir. Je vois la scène. La table du dîner. Ma femme vient de me passer mon thé. Je le remue, je lève la cuiller, je chasse nonchalamment un petit brin de thé, puis je l'attrape soigneusement et, après l'avoir amené sur le rivage, je murmure très doucement : « Combien de temps allons-nous continuer à vivre ainsi ? » Et immédiatement se produit ce fameux « éclair aveuglant », ce coup de tonnerre assourdissant ; des décombres énormes sont projetés en l'air, (j'aime les décombres, je dois l'avouer et quand les sombres nuages de fumée se sont dissipés...

Mais cela n'arrivera jamais, jamais je ne saurai ce que contient cette petite phrase. On la trouvera en moi « intacte », comme on dit. « Ouvrez mon cœur et vous verrez... »

Pourquoi ? Ah ! là, vous me tenez ! Il n'est pas de question à laquelle il soit plus difficile de répondre. Pourquoi certains êtres restent-ils ensemble ? Mettons de côté « l'amour des enfants », la « force de l'habitude », les « raisons d'économie » ; ce ne sont guère que des balivernes inventées par les hommes de loi. Si l'on essaie vraiment de découvrir pourquoi certains êtres ne se séparent pas, on rencontre un mystère. C'est parce qu'ils ne le peuvent pas ; ils sont liés. Et personne au monde ne sait quel lien les attache, excepté eux deux. Suis-je obscur ? Il me semble que la chose elle-même n'est pas très limpide. Exprimons cette idée sous une autre forme. Supposez que vous ayez reçu toutes les confidences de l'un puis de l'autre. Supposez que vous connaissiez tout ce qui concerne le cas. Vous y avez appliqué, non seulement votre sympathie la plus profonde, mais votre critique la plus impartiale et la plus honnête, et, avec beaucoup de calme (mais non sans une légère sensation de plaisir, car il y a, je le jure, dans les meilleurs d'entre nous quelque chose qui bondit et pousse un cri de joie à la pensée de détruire), vous déclarez : « Eh bien, à mon avis, deux êtres comme vous doivent se séparer. Vous ne ferez rien de bon ensemble sur la terre. Vraiment, il me semble que c'est un devoir pour chacun de vous de rendre sa liberté à l'autre. » Qu'arrivera-t-il alors ? Ils en conviennent tous deux. C'est aussi leur conviction. Vous ne faites qu'exprimer ce qu'ils ont ruminé durant toute la nuit dernière. Et ils partent, résolus à suivre votre conseil sur-le-champ... et quand vous avez de leurs nouvelles, la fois suivante, ils sont encore ensemble. Vous voyez, vous avez compté sans le facteur inconnu, leur lien, leurs secrètes affinités qu'eux-mêmes ne pourraient exprimer, même s'ils le voulaient.

Vous pouvez tout expliquer jusque-là, mais pas plus loin. Oh, ne vous méprenez pas sur le sens de ce que j'affirme ! Cela n'a pas nécessairement un rapport avec le fait qu'ils couchent ensemble... Je suis amené ici à exprimer une pensée que j'ai souvent à demi nourrie. Ce ne sont pas les êtres humains, tels que nous les connaissons, qui se choisissent, c'est le propriétaire, le second moi qui habite en eux, qui fait le choix, suivant ses desseins particuliers, et, ceci paraîtra peut-être d'une subtilité absurde, c'est le second moi de l'autre qui répond. Très obscurément, il me semble du moins, nous sentons cela, dans la mesure où nous sentons la désespérante impossibilité d'y échapper. Bref, tout cela revient à dire : si le moi superficiel de ma femme et le mien sont heureux, tant mieux pour nous, s'ils sont malheureux, tant pis... Mais je ne sais pas, je ne sais pas, peut-être est-ce tout à fait particulier à moi, j'ai la sensation (oui, c'est bien une sensation) que nous ressemblons étrangement à des coquillages, à de petites créatures qui penchent la tête hors d'une guérite, devant la porte, ou bien, regardant par le carreau à l'entrée de la maison, à de pauvres petits serviteurs, qui ne peuvent même pas dire avec certitude si le maître de la maison est là ou non...

La porte s'ouvre... ma femme... « Je vais me coucher », dit-elle.

Je lève un regard vague, je réponds évasivement : « Tu vas te coucher.

— Oui... — Une petite pause. — Tu n'oublieras pas d'éteindre le gaz dans l'entrée, n'est-ce pas ? »

Et je répète : « Le gaz de l'entrée. »

Il fut un temps, avant... où cette habitude — ce n'était pas réellement une habitude alors, mais c'en est une maintenant — était une de nos plus délicieuses occasions de plaisanterie.

A l'origine, plusieurs fois, j'étais réellement absorbé profondément et je ne l'entendais pas. J'émergeais seulement de mon rêve pour la voir secouer la tête et me dire en riant : « Tu n'as pas entendu un mot !

— Non. Qu'est-ce que tu as dit ? »

Pourquoi trouvait-elle cela si amusant et si charmant ? Elle était ravie. « Oh, mon chéri, c'est tellement toi ! C'est si... si... » Et je sentais qu'elle m'aimait davantage à cause de cela. Je sentais qu'elle guettait positivement les occasions de venir me déranger et naturellement je m'en faisais un jeu. Elle était sûre de me trouver plongé dans mon travail, chaque soir à dix heures et demie. Mais maintenant ? Je ne sais pourquoi, il me semble qu'il serait grossier de cesser le jeu ; c'est plus simple de continuer. Mais qu'est-ce qu'elle attend ce soir ? Pourquoi ne s'en va-t-elle pas ? Pourquoi prolonger ce tête-à-tête ? Elle part. Non, la main posée sur le bouton de porte, elle se retourne et elle dit, d'une petite voix étrange, étouffée : « Tu n'as pas froid ? »

Oh, ce n'est pas bien d'être si pathétique ! C'est tout bonnement odieux. Un frisson me parcourt tout entier avant que je parvienne à articuler un « non » indifférent, en froissant de la main gauche les pages du mémorandum.

Elle est partie, elle ne reviendra plus ce soir. Je ne suis pas seul à le savoir, la chambre elle aussi change d'aspect. Elle se détend comme un vieil acteur. Lentement le masque tombe, la tension contrainte qui pesait sur elle se transforme en réflexion grave et morose. Chaque ligne, chaque pli respire la fatigue. La glace est ternie, les cendres blanchissent. Seule ma lampe sournoise continue de brûler... Mais quelle indifférence cynique me témoignent toutes ces choses ! Pourtant, je me flatte peut-être, mais non, nous nous comprenons. Vous connaissez ces histoires de petits enfants élevés par des loups, acceptés par le clan, et qui circulent librement au milieu de leurs frères gris au pied léger ? Il m'est arrivé une chose analogue. Mais, attendez !... Cette comparaison avec les loups ne me convient pas. C'est curieux, avant de l'écrire, quand elle était encore dans ma tête, j'en étais enchanté. Elle me semblait exprimer et, qui plus est, faire sentir précisément ce que je voulais dire. Mais écrite, j'en flaire immédiatement la fausseté... Et la source de cette fausseté est dans l'expression « au pied léger ». Vous ne trouvez pas ? Les frères gris au pied léger !... « Au pied léger », je n'emploie jamais cette expression. Quand j'ai écrit « loup », l'autre expression m'a traversé l'esprit, comme une ombre, et je n'ai pu m'empêcher de l'écrire. Dites-moi, dites-moi, pourquoi est-il si difficile d'écrire simplement, et non seulement, simplement, mais *sotto voce*, comprenez-vous ce que je veux dire ? C'est ainsi que j'aspire à écrire. Pas de jolis effets, pas de *bravura*. Simplement la vérité nue, comme seul un menteur peut la dire.

⁂

J'allume une cigarette, je me renverse en arrière, je respire profondément et je me prends à songer : ma femme est-elle endormie, ou bien, couchée dans son lit froid, ouvre-t-elle tout grands, dans l'obscurité, ses yeux confiants, effarés ? Ses yeux ressemblent à ceux d'une vache que l'on pousse sur la route. « Où me mène-t-on ? Quel mal ai-je fait ? » semblent-ils dire. Mais, vraiment, je ne suis pas responsable de ce regard, c'est son expression naturelle. Un jour, en vidant un tiroir, elle trouva une petite photographie d'elle, prise autrefois, quand elle était petite fille, à l'école. En costume de confirmation, m'expliqua-t-elle. Et c'étaient les mêmes yeux déjà. Je me souviens de lui avoir dit : « Est-ce que tu as toujours eu l'air aussi triste ? » Penchée sur mon épaule, elle rit d'un rire léger : « Est-ce que j'ai l'air triste ? Je trouve que c'est tout à fait moi. » Et elle attendait que je fisse quelque réflexion. Mais j'admirais le courage dont elle faisait preuve en me la montrant : c'était une photographie hideuse ! Et je me demandai une fois de plus si elle savait à quel point elle était laide et se consolait en pensant que lorsqu'on aime on ne critique pas, on accepte tout, ou bien si, vraiment, elle ne se trouvait pas mal et s'attendait à une remarque flatteuse.

Oh ! cette dernière supposition était indigne de ma part ! Comment pouvais-je oublier les innombrables fois où j'avais senti qu'elle se détournait pour éviter la lumière, et cachait son visage contre mon épaule. Et surtout, comment pouvais-je oublier notre après-midi de noce. Nous étions assis sur un banc vert, dans le jardin botanique, nous écoutions l'orchestre ; entre deux morceaux, elle se tourna soudain vers moi et d'un ton indifférent comme elle aurait dit : « Crois-tu que l'herbe est humide ? » ou « Crois-tu que c'est l'heure du thé... » elle me demanda : « Dis-moi, penses- tu que la beauté physique ait une telle importance ? » Je n'ose me demander combien de fois elle avait répété cette question intérieurement avant de la formuler. Et savez-vous ce que je répondis ?... A ce moment, sur mon ordre, semblait-il, l'orchestre lança quelques accords durs, éclatants, et je réussis à crier gaiement par-dessus la musique : « Je n'ai pas entendu ce que tu as dit. » C'était diabolique, n'est-ce pas ? Peut-être pas tout à fait. Elle eut l'air d'un malheureux patient qui entend le chirurgien lui dire : « L'opération sera sûrement nécessaire, mais pas maintenant. »

⁂

Mais tout cela donne l'impression que ma femme et moi nous ne fûmes jamais réellement heureux ensemble. C'est faux ! C'est faux ! Nous fûmes heureux, d'un bonheur merveilleux, radieux. Nous fûmes un couple modèle. Vous auriez pu nous voir ensemble, n'importe quand, n'importe où, vous auriez pu nous suivre, nous dépister, nous épier, nous prendre à l'improviste, vous auriez toujours été forcés de confesser : « Je n'ai jamais vu un couple plus parfaitement assorti. » Il en fut ainsi jusqu'à l'automne dernier.

En réalité, pour expliquer ce qui se produisit alors, il me faudrait remonter bien loin, redevenir tout petit, retrouver le temps où, des deux mains, je serrais les barreaux de l'escalier ; la rampe m'arrivait au-dessus de la tête et, entre les barreaux, je contemplais avec curiosité mon père qui montait et descendait à pas feutrés. Les paliers avaient des vitres de couleur. Quand il montait, sa tête chauve était d'abord écarlate, puis jaune. Quelle peur j'avais ! Quand on me mettait au lit, je rêvais que nous habitions dans un des gros bocaux colorés de mon père. Il était pharmacien. Je suis né neuf ans après le mariage de mes parents. Je suis fils unique et l'effort de mettre au monde le pauvre petit bourgeon fané que je devais être épuisa toutes les forces de ma mère ; elle ne quitta plus jamais sa chambre. Le lit, le canapé, la fenêtre, elle vivait dans ce cercle. Je la revois très bien, les jours où, assise à la fenêtre, la joue appuyée sur sa main, elle regardait dehors. Sa chambre donnait sur la rue. En face, se dressait un mur recouvert d'affiches pour les spectacles forains, les cirques ambulants, etc... Je suis debout près d'elle, nous contemplons la dame svelte en robe rouge qui donne un coup d'ombrelle au monsieur brun, le tigre que l'on apercevait dans la jungle, tout près du clown tenant une bouteille en équilibre sur son nez, la petite fille à chevelure d'or, assise sur les genoux d'un vieux nègre portant un chapeau de coton à larges bords... Ma mère se tait. Les jours où elle est sur le canapé, elle porte une robe de chambre en flanelle qui me fait horreur et le coussin glisse sans cesse du canapé dur. Je le ramasse. Des fleurs et des lettres sont brodées dessus. Je demande ce que veulent dire ces lettres et ma mère murmure : « Bon repos ! » Quand elle est au lit, ses doigts tressent en petites nattes serrées la frange du couvre-pieds; elle a les lèvres minces. Ce sont les seuls souvenirs que j'ai gardés de ma mère, hormis le dernier épisode étrange, qui vint plus tard.

Mon père... Pelotonné dans un coin, sur le couvercle d'une boîte ronde qui contenait des éponges, j'ai si longtemps contemplé mon père que son image, coupée à la taille par le comptoir, s'est pour ainsi dire solidifiée dans ma mémoire. Il était absolument chauve ; tête polie, en forme d'œuf allongé, joues ridées couleur d'ivoire, petites poches sous les yeux, grandes oreilles pâles ressemblant à des anses de panier. Ses manières étaient discrètes, sournoises, légèrement moqueuses et teintées d'impudence. Longtemps avant de pouvoir l'analyser, je connaissais le mélange ; il m'arrivait même de le copier dans mon coin ; penché en avant, j'essayais de reproduire en petit son air légèrement moqueur. Le soir, ses clients étaient surtout des jeunes femmes, quelques-unes venaient tous les jours pour son fameux stimulant à dix sous. Leur mise voyante, leur voix, leurs allures libres me fascinaient. J'aurais bien voulu être mon père et leur passer, par-dessus le comptoir, le petit verre de liquide bleuâtre qu'elles avalaient si avidement.

Dieu sait de quoi il était composé !... Des années plus tard, j'en bus un peu, seulement pour en connaître le goût, et j'eus l'impression d'avoir reçu un coup terrible sur la tête, je me sentis assommé.

J'ai gardé d'une de ces soirées un souvenir ineffaçable. Il faisait froid, ce devait être en automne car le gaz à la flamme vacillante était allumé après mon goûter. J'étais assis dans mon coin et mon père faisait quelque mélange ; la boutique était vide. Soudain, la sonnette retentit et une jeune femme entra précipitamment ; elle pleurait si haut, sanglotait si fort que cela ne semblait pas réel. Elle portait une cape verte, garnie de fourrure, et un chapeau où pendaient des cerises. Mon père sortit de son abri. Elle ne put s'arrêter tout d'abord ; debout au milieu de la boutique, elle se tordait les mains en poussant des gémissements. Je n'ai jamais entendu pareils cris depuis lors. Enfin elle parvint à dire entre deux sanglots : « Donnez-moi un stimulant ! » Puis elle poussa un long soupir, s'écarta de mon père en tremblant et dit d'une voix entrecoupée : « J'ai eu de mauvaises nouvelles ! » A la lueur vacillante du gaz, je vis que tout le côté de sa figure était enflé et rouge ; elle avait la lèvre coupée et sa paupière semblait collée à son œil humide. Mon père poussa le verre sur le comptoir, elle sortit son porte-monnaie de son bas et le paya. Mais elle ne pouvait boire, elle serrait le verre et regardait droit devant elle, comme si elle n'en pouvait croire ses yeux. Chaque fois qu'elle relevait la tête, les larmes jaillissaient de nouveau. Finalement, elle reposa le verre, il n'était d'aucune utilité. Serrant sa cape d'une main, elle sortit de la boutique en courant, comme elle y était entrée. Mon père demeura impassible. Longtemps après son départ, je restai tapi dans mon coin et quand j'y repense il me semble que je sens tout mon corps vibrer... « Ainsi, voilà ce que c'est dehors, pensais-je, voilà à quoi ressemble le monde, dehors. »

⁂

Vous souvenez-vous de votre enfance ? Je rencontre constamment de merveilleux récits, écrits par des auteurs qui déclarent se rappeler « tout ». Ce n'est certes pas mon cas. Les bandes noires, les lacunes, tiennent beaucoup plus de place que les éclaircies lumineuses. Il me semble avoir passé la plus grande partie de mon temps comme une plante enfermée dans une armoire. Par intervalles, quand le soleil brillait, une main indifférente me sortait sur l'appui de la fenêtre et puis me rentrait prestement et c'est tout. Mais que se passait-il dans l'obscurité ?... Je me le demande. Est-ce que je poussais ? Tige pâle...

feuilles timides... bourgeon blanc, hésitant. Rien de surprenant à ce que l'on me détestât à l'école. Les maîtres eux-mêmes me fuyaient. Je sentais bien que ma voix douce, hésitante, leur inspirait de la répugnance. Je sentais aussi qu'ils évitaient mon regard timide, effaré. J'étais petit et maigre et je sentais la pharmacie. Mon surnom était Grégory Powder. L'école était un bâtiment blanc, planté au flanc de la colline dénudée. Des bandes rouge sombre, comme du sang, étaient tracées sur les remblais de glaise bourbeuse qui bordaient la cour de récréation. Je me cache dans le corridor obscur où sont pendus les vêtements, un des maîtres m'y découvre : « Qu'est-ce que vous faites là, dans le noir ? » Sa voix terrible me tue, j'expire sous ses yeux. Je suis debout au milieu d'un cercle de têtes tendues vers moi, certaines sont grimaçantes, d'autres me regardent gloutonnement, d'autres crachent. Et il fait toujours froid. De gros nuages traversent le ciel, ils s'écrasent, ils se pressent ; l'eau moisie est gelée dans la citerne, la cloche rend un son mat, elle semble engourdie par le froid. Un jour, ils mirent un oiseau mort dans la poche de mon pardessus. Je le trouvai en arrivant à la maison. Mon cœur palpita d'une étrange façon quand je sortis ce petit corps, terriblement doux et froid, aux pattes fines comme des épingles, aux griffes contractées. Je m'assis sur le pas de la porte qui donnait dans la cour et je posai l'oiseau dans ma casquette. Autour de son cou, les plumes semblaient humides, et une toute petite touffe se dressait juste au-dessus de ses yeux clos. Son bec était si bien fermé que je ne pouvais distinguer la marque de l'ouverture. J'étendis une aile et je touchai le duvet très doux qui se cachait dessous ; j'essayai de refermer les griffes autour de mon doigt. Mais je n'éprouvais pas de chagrin à la vue de cet oiseau, non, seulement un étonnement mêlé de curiosité. La cheminée de la cuisine versait une fumée abondante, les flocons de suie, doux et légers, flottaient dans l'air. Par une grosse fente, dans le ciment de la cour, une chétive plante à fleurs rougeâtres et tristes avait réussi à pousser. Mon regard se reporta sur l'oiseau mort... Et je me rappelle qu'alors, pour la première fois, je chantai... ou plutôt j'écoutai une voix silencieuse monter dans la petite cage de mon être.

⁂

Mais quel rapport existe-t-il entre tout cela et mon bonheur conjugal ? En quoi tout cela peut-il concerner ma femme et moi ? Pourquoi, dans le but de raconter ce qui se produisit l'automne dernier, remonter si loin dans le passé ? Le passé... Qu'est-ce que le passé ? Je puis dire que le flocon de suie étoilée, posé sur une feuille de la plante chétive, l'oiseau gisant sur la doublure ouatinée de ma casquette, le pilon de mon père, le coussin de ma mère, appartiennent au passé. Mais cela ne veut pas dire du tout qu'ils m'appartiennent moins qu'à l'instant où je les contemplais de mes yeux et les touchais de mes mains. Non, ils m'appartiennent davantage, ils sont une partie vivante de mon être. Qui suis-je, en effet, assis ici, à cette table, si ce n'est mon passé ? Si je le renie, je ne suis rien. Et si j'essayais de diviser ma vie en enfance, adolescence, jeunesse, etc... ce serait artificiel ; je saurais que je le fais uniquement à cause de l'agréable sensation d'importance que l'on éprouve à établir des lignes de démarcation, à employer de l'encre verte pour l'enfance, rouge pour la période suivante et violette pour l'adolescence. Il est une vérité que j'ai apprise, une vérité à laquelle je crois fermement : rien n'arrive subitement. Oui, c'est je crois ma religion.

Prenons un exemple : la mort de ma mère. Ce fait n'est pas plus loin de moi aujourd'hui que le jour où il se produisit. Il est tout aussi proche, étrange, énigmatique ; un nombre incalculable de fois, je m'en suis remémoré les circonstances et, pourtant, je n'en sais pas plus maintenant qu'alors. Ai-je rêvé ces faits, ou se sont-ils réellement produits ? J'avais alors treize ans et je couchais dans un petit réduit qui ouvrait sur ce que nous appelions le demi-palier. Une nuit, je m'éveillai en sursaut et je vis ma mère, en chemise de nuit ; elle n'avait même pas enfilé l'odieuse robe de chambre en flanelle, elle était assise sur mon lit. Mais, chose étrange et effrayante, elle ne me regardait pas. Elle avait la tête baissée, sa mince queue de cheveux tombait entre ses deux épaules, elle serrait ses mains entre ses genoux et mon lit était secoué ; elle grelottait. C'était la première fois que je la voyais hors de sa chambre. Je dis, du moins je le crois : « Est-ce vous, maman ? » Elle se retourna et je vis, à la lueur de la lune, qu'elle avait un air étrange. Son visage paraissait ratatiné, tout changé. Elle ressemblait aux gamins de l'école, assis sur les marches de la piscine ; ils frissonnaient exactement de la même façon, quand ils avaient envie d'entrer dans l'eau et peur en même temps. « Tu es réveillé ? » dit-elle. Elle ouvrit les yeux, je crois qu'elle sourit. Elle se pencha vers moi. « Je suis empoisonnée, murmura-t-elle, ton père m'a empoisonnée. » Et elle secoua la tête. Puis elle disparut, avant que j'aie pu dire un mot ; je crus entendre la porte se fermer. Je restai assis, immobile, incapable de faire un mouvement ; j'attendais la suite, il me semble. Un long moment, je prêtai l'oreille ; aucun bruit ne vint.

La bougie était près de mon lit, mais j'avais trop peur pour étendre la main et prendre les allumettes. Tandis que je me demandais ce qu'il fallait faire et que mon cœur battait à grands coups... tout devint confus. Je m'étendis, je m'enroulai dans mes couvertures et m'endormis. Le lendemain matin, on trouva ma mère morte d'une embolie.

Cette visite nocturne se produisit-elle ? L'ai-je rêvée ? Pourquoi ma mère serait-elle venue me dire cela ? Et si elle vint, pourquoi s'en alla-t-elle si vite ? Et son expression, si joyeuse sous le masque effrayé, était-elle réelle ? Je le crus absolument le jour de l'enterrement, quand je vis mon père déguisé pour jouer son rôle — chapeau et le reste. Ce chapeau haut de forme noir, luisant et arrondi, me semblait un bouchon recouvert de cire noire et la personne de mon père ressemblait étonnamment à une bouteille ; sa figure tenait lieu d'étiquette : « poison mortel ». Cette pensée me traversa l'esprit tandis que j'étais debout, en face de lui, dans le vestibule. *Poison mortel* ou le vieux P. M. fut le surnom que je lui donnai depuis ce jour, en mon particulier.

***

Il se fait tard, tard. J'aime la nuit, j'aime sentir l'obscurité monter lentement, comme une marée, et lentement laver, tourner et retourner, élever et faire flotter tout ce qui gît épars sur la plage obscure, tout ce qui gît caché au creux des rochers. J'aime, j'aime cette étrange impression d'être entraîné on ne sait pas où...

Après la mort de ma mère, je détestais me coucher. Je m'asseyais sur l'appui de la fenêtre, le corps replié, et je contemplais le ciel. Il me semblait que la lune se déplaçait beaucoup plus vite que le soleil et je choisis une grosse étoile, verte et brillante, je l'adoptai. C'était mon étoile! Mais jamais je ne m'imaginai qu'elle me faisait signe ou qu'elle scintillait joyeusement pour moi. Cruelle, indifférente, splendide, elle brillait dans la nuit des airs. Peu m'importait, c'était mon étoile ! Tout contre la fenêtre, poussait une plante grimpante qui portait des bouquets de petites fleurs roses et violettes. Ces fleurs me connaissaient. Quand je les touchais, le soir, elles accueillaient la caresse de mes doigts, les petites vrilles si faibles, si délicates, savaient que je ne leur ferais pas de mal. Quand le vent remuait les feuilles, je sentais que je comprenais leur bruit et quand je venais à la fenêtre, il me semblait que les fleurs se disaient entre elles : « Le petit est là. » Les mois passaient et je voyais souvent une lumière dans la chambre de mon père, au-dessous. J'entendais des voix et des rires. « Il y a quelque femme avec lui », pensai-je. Mais cela ne voulait rien dire pour moi. Peu à peu, la voix gaie, le timbre du rire me firent penser que c'était une des filles qui venaient le soir dans la boutique et, graduellement, je commençai à m'imaginer laquelle c'était. C'était la brune en costume tailleur rouge, qui m'avait un jour donné dix sous. Un visage rieur s'était penché sur moi, un souffle chaud avait chatouillé mon cou, de petites perles noires brillaient au bord des longs cils et, quand elle avait ouvert les bras pour m'embrasser, une merveilleuse vague de parfum m'avait enveloppé. Oui, c'était bien elle...

Le temps passait ; j'oubliai la lune et mon étoile verte et ma timide plante grimpante. Je m'approchais de la fenêtre pour guetter la lumière qui brillait dans la chambre de mon père, pour écouter la voix rieuse. Une nuit, je m'assoupis et je rêvai que cette fille revenait, elle m'attirait encore contre elle ; une douceur embaumée, chaude et gaie, flottait sur moi comme un nuage. Mais quand j'essayai de voir, les yeux devinrent moqueurs, les lèvres rouges s'ouvrirent et elle siffla : « Petit sournois ! petit sournois ! » mais elle ne paraissait pas fâchée, elle semblait comprendre et son sourire faisait penser à un rat... Il était odieux !

La nuit suivante, j'allumai la bougie et je m'assis devant la table pour changer. Peu à peu, la flamme vacillante s'affermit et un étroit lac de cire liquide se forma, entouré d'un mur blanc et lisse. Je pris une épingle et fis de petits trous dans ce mur et puis je les bouchai, avant que la cire n'eût le temps de s'échapper. Au bout d'un moment je me figurai que la flamme jouait avec moi, elle sautait, vacillait, se démenait, elle avait l'air de rire. Je jouais en souriant avec la bougie, je brisais les petits pics de cire blanche qui s'élevaient au-dessus du mur et je les faisait flotter sur mon lac ; peu à peu une atroce sensation de tristesse m'étreignit ; oui, c'est le mot. Elle monta des genoux aux cuisses et aux bras ; mon corps entier souffrait une véritable agonie. L'impression était si étrange que j'étais incapable de faire un mouvement, j'étais lié à cette table, je ne pouvais même pas laisser tomber l'épingle que je tenais entre le pouce et l'index. Pendant un instant il se produisit en moi une sorte d'arrêt.

Puis l'enveloppe desséchée du bourgeon éclata et tomba, la plante enfermée dans l'armoire fleurit. « Qui suis-je ? pensais-je. Qu'est-ce que tout cela ? » Et je regardai ma chambre, le buste ébréché d'un nommé Hahnemann, posé sur le dessus de l'armoire, mon petit lit dont l'oreiller avait la forme d'une enveloppe. Je vis tous ces objets, mais d'une manière différente... Toutes ces choses vivaient, toutes, et moi aussi j'étais vivant et... je ne puis exprimer cela autrement, entre nous, les barrières étaient tombées, j'étais entré dans mon univers !

⁂

Les barrières étaient tombées. J'avais été toute ma vie un petit exilé, jusqu'alors personne ne m'avait « accepté », j'étais demeuré solitaire dans l'armoire ou dans la cave. Mais, cette fois, j'étais recueilli, accepté, revendiqué. Je ne me détournai pas consciemment du monde des humains — je ne l'avais jamais connu — mais, depuis cette nuit-là, je me tournai consciemment et plus profondément que je ne puis l'exprimer vers mes frères silencieux...

# VEUVE

Quand ils descendirent pour le petit déjeuner, le lendemain matin, ils se sentaient absolument à l'aise et naturels. Ils étaient roses et frais. L'air froid, entré par les fenêtres de leur chambre, les avait légèrement transis et ils étaient tout disposés à avaler du café chaud.

« Frisquet ! » Ce fut le mot de Géraldine, tandis que de ses doigts roses, fraîchement lavés, elle boutonnait sa veste orange. « Tu ne trouves pas qu'il fait vraiment frisquet ? » A entendre sa voix si tranquille, si naturelle, on les aurait cru mariés depuis des années.

Lui faisait sa raie devant le petit miroir rond, à l'aide de deux brosses (prouesse admirable à contempler pour une femme !). Il répondit, en frappant légèrement les deux brosses l'une contre l'autre : « Ma chérie, es-tu assez couverte ? » A l'entendre, on aurait cru qu'il connaissait par l'expérience des années, l'habitude qu'elle avait de porter, en guise de lingerie, des bouts de tulle retenus par deux épaulettes de satin... Puis ils descendirent déjeuner en courant, riant tous les deux, effarouchant terriblement la timide femme de chambre qui, après en avoir conféré avec la cuisinière, avait décidé de rester invisible jusqu'à ce qu'on la sonnât.

« Bonjour Nelly, je crois qu'il nous faudra un peu plus de toasts », dit Géraldine en souriant. Elle se pencha sur la table et réfléchit. « Demandez à la cuisinière de nous en faire encore quatre, s'il vous plaît. »

Admirable ! pensa la femme de chambre. En refermant la porte, elle entendit la voix de Géraldine ajouter : « Je déteste manquer de toasts, et toi ? »

Il était debout devant la fenêtre ensoleillée. Géraldine s'approcha de lui. Elle posa sa main sur le bras de Jimmie et le pressa doucement. Quel plaisir de sentir encore une fois la rude étoffe de ce veston. Ah ! quel plaisir !... Elle la frotta de sa main, la toucha de sa joue, en renifla l'odeur.

La fenêtre donnait sur des parterres de fleurs où se mêlaient les reines-marguerites, les dahlias tardifs aux lourdes fleurs retombantes et les petits asters aux pétales hérissés. Derrière, s'étendait une pelouse jonchée de feuilles jaunes et au delà une large allée et un rideau d'arbres dorés, frissonnants. Un vieux jardinier, qui portait des mitaines en laine, balayait l'allée ; il rassemblait les feuilles en un petit tas bien régulier. Puis, son balai sous le bras, il fouilla dans sa poche de veste, en sortit des allumettes et, après avoir creusé un trou dans les feuilles, il y mit le feu.

Une jolie fumée bleue monta dans l'air, comme un souffle, à travers les feuilles mortes. Le tas brûlait, avec calme et régularité, c'était un plaisir de le contempler. Le vieux jardinier s'éloigna à pas lourds et revint portant une poignée de brindilles sèches. Il les jeta sur le tas et resta à côté ; de petites flammes légères se mirent à voltiger.

« Vraiment, dit Géraldine, vraiment, rien n'est si joli qu'un vrai feu qui brûle bien.

— C'est réjouissant, n'est-ce pas ? » murmura-t-il. Et ils s'attablèrent pour leur premier petit déjeuner.

Un peu plus d'un an s'était écoulé depuis ce jour, treize mois exactement. Géraldine était debout devant la fenêtre de la salle à manger, dans la petite maison de Sloane Street. Cette fenêtre donnait sur les jardins entourés de grilles. Le petit déjeuner était fini, il n'en restait plus de traces, la table était desservie... Géraldine avait à la main un gros paquet de lettres auxquelles elle avait l'intention de répondre, confortablement installée auprès du feu. Mais auparavant le soleil d'automne et la fraîcheur l'avaient attirée à la fenêtre. Le rideau d'arbres était idéal ce matin-là.

Jimmie était parti à cheval.

« Au revoir, chéri.

— Au revoir, ma Gerry. » Puis le baiser du matin, rapide et ferme. Qu'il était beau en costume de cheval !... Elle se le figurait... chevauchant. Géraldine n'avait pas beaucoup d'imagination. Elle se représentait pourtant de la brume, un bruit sourd de sabots, la moustache de Jimmie tout humide. Elle entendit dans le jardin le grincement d'une brouette de jardinier. Un vieillard apparut, sa brouette était chargée de feuilles mortes et un balai gisait en travers. Il s'arrêta, il se mit à balayer. « Quelles énormes touffes d'iris poussent dans les jardins de Londres, songea Géraldine. Pourquoi ?... » A ce moment, la fumée d'un feu monta dans l'air.

« Rien n'est plus joli, pensa-t-elle, qu'un vrai feu qui brûle bien. »

A ce moment précis, la sonnerie du téléphone retentit. Géraldine s'assit devant le bureau de Jimmie pour répondre. C'était le Major Hunter.

« Bonjour, Major. Vous êtes bien matinal !

— Bonjour, madame. Oui, c'est vrai... (Géraldine fit une petite grimace étonnée. Quelle voix bizarre il avait !) Mrs. Howard, je vais venir vous voir... tout de suite... je prends un taxi... Ne sortez pas s'il vous plaît. Et... et..., ajouta-t-il en balbutiant, ne laissez pas sortir les domestiques, je vous prie.

— Comment ?... » Ces derniers mots étaient plus étranges encore que le reste.

Géraldine n'en pouvait croire ses oreilles. Mais il n'était plus là, il avait raccroché l'appareil. « Par exemple !... » elle posa le récepteur, prit un crayon et dessina ce qu'elle dessinait toujours quand elle était assise devant une feuille de papier buvard : un petit chat vu de derrière, avec les moustaches et la queue. Géraldine avait dû dessiner ce petit chat des centaines de fois, de par le monde, dans les hôtels et les clubs, sur les tables à écrire des steamers, en attendant à la Banque. Le petit chat était son signe, sa marque. Elle l'avait copié sur une petite fille, à l'école, le trouvant alors admirable, et elle n'avait jamais essayé autre chose. Elle n'était... pas très bonne en dessin. Ce jour-là, le chat était dessiné d'une plume très ferme, ses moustaches elles-mêmes avaient l'air étonné.

« Ne pas laisser sortir les domestiques !... » Jamais encore elle n'avait rien entendu d'aussi étrange ! Elle avait dû se tromper. Elle ne put réprimer un petit ricanement amusé. Et pourquoi dire qu'il allait prendre un taxi ? Et pourquoi, surtout, venir la voir à pareille heure du jour ?...

Mais tout à coup, une idée lui traversa l'esprit

comme un éclair. Elle se souvint que le Major Hunter avait la manie des vieux meubles. Ils en avaient parlé, lors de leur dernier déjeuner, ensemble, au Carlton. Il avait dit quelque chose à Jimmie à propos d'un certain meuble, Jacques Ier ou reine Anne... (Géraldine n'y connaissait rien). Est-ce que par hasard il l'apporterait ?... Mais bien sûr... ce devait être cela. Et la remarque concernant les domestiques s'expliquait. Il avait besoin qu'on l'aidât à porter ce meuble dans la maison. Quel ennui !... Géraldine espéra qu'il allait y renoncer. Vraiment il faut avouer, pensa-t-elle, que le Major Hunter est un peu sans-gêne d'apporter un objet de pareilles dimensions, à cette heure du jour, sans un mot d'avertissement. Il n'est pas tout à fait assez intime avec nous pour se permettre cela. Et aussi pourquoi en faire un tel mystère ?

Géraldine détestait les mystères. Mais elle avait entendu dire que le Major Hunter avait parfois des troubles mentaux depuis l'affaire de la Somme. Peut-être était-ce un de ses mauvais jours ; en ce cas, quel dommage que Jimmie ne fût pas rentré ! Elle sonna. Mullins répondit.

« Mullins, j'attends le Major Hunter ; il sera là dans quelques minutes. Il apporte quelque chose d'assez lourd. Peut-être aura-t-il besoin de vous pour l'aider. La cuisinière fera bien de se tenir prête aussi. »

Géraldine avait une attitude légèrement hautaine avec ses domestiques. Elle aimait mener les affaires magistralement. Pourtant Mullins eut l'air vraiment surprise. Elle parut hésiter un instant avant de s'en aller. Géraldine en fut grandement contrariée. Qu'y avait-il là de surprenant ?... Quoi de plus simple ? pensait-elle en s'asseyant, son paquet de lettres à la main. Le feu, l'horloge et la plume chuchotèrent bientôt de concert.

Le taxi arriva, faisant grand bruit à la porte. Géraldine crut entendre la voix du chauffeur qui discutait. Il lui fallut un long moment pour fermer son écritoire et se lever de la chaise basse. La sonnette retentit. Elle alla droit à la porte de la salle à manger...

Le Major Hunter était devant elle, en costume de cheval. Il s'approcha d'elle vivement et, derrière lui, par la porte ouverte, elle vit au bas du perron une grande chose grise, c'était une voiture d'ambulance.

« Il est arrivé un accident, s'écria Géraldine vivement.

— Mrs. Howard ! » Le Major Hunter courut à elle ; il tendit une main glacée et serra celles de Géraldine. « Vous serez brave, n'est-ce pas ? » dit-il, suppliant.

Certes, elle serait brave !

« Est-ce sérieux ? »

Le Major hocha la tête gravement. Il dit simplement : « Oui.

— Très grave ? »

Il leva la tête et la regarda bien en face. Elle ne s'était jamais aperçue avant cet instant qu'il était extraordinairement beau, mais d'une beauté mélodramatique. « C'est on ne peut plus grave, madame, dit le Major simplement. Mais... entrez ici, ajouta-t-il précipitamment et il la poussa presque dans sa propre salle à manger. Il faut l'apporter dans la maison... où pouvons-nous ?...

— Peut-on le transporter en haut ? demanda Géraldine.

— Oui, oui, bien sûr... Le Major Hunter fixa sur elle un regard très étrange, très douloureux.

— Dans son cabinet de toilette, dit Géraldine. C'est au premier. Je vais vous montrer le chemin, et elle posa sa main sur le bras du Major.

— C'est bon, Major, dit-elle, je ne vais pas me laisser abattre... » Et elle sourit d'un sourire plein de confiance et de courage.

Au grand étonnement de Géraldine, le Major s'écria en se retournant : « Ah! mon Dieu!... quel malheur !... »

Pauvre homme ! Il était absolument accablé.

« De l'eau-de-vie, tout à l'heure, pensa Géraldine. Pas maintenant, naturellement. »

Ce fut un moment pénible pour elle, quand elle entendit ces pas mesurés, délibérés, traverser le vestibule. Mais Géraldine comprit que ce n'était pas le moment de regarder, que cela ne servirait à rien et elle s'abstint de le faire.

« Par ici, Major. » Elle allait devant, de son pas léger, elle monta l'escalier, enfila le corridor. Elle ouvrit toute grande la porte du cabinet de toilette de Jimmie ; tout y respirait la vie et la gaîté. Elle s'écarta pour laisser passer le Major Hunter... les deux brancardiers ; ...alors seulement, elle comprit que ce devait être une blessure du crâne... un accident à la tête, car on ne voyait rien de Jimmie, le drap le recouvrait complètement...

## UNE MAUVAISE IDÉE

Il m'est arrivé une histoire... une vilaine histoire et je ne sais que faire. Je suis incapable de trouver une issue. Le pire, c'est que je ne parviens pas à regarder la chose en face... vous voyez ce que je veux dire ?... Je me sens dans le gâchis, dans un gâchis effroyable. Je ne suis pas homme à être pris dans une pareille affaire ; ce devrait être évident pour tout le monde. Je ne suis pas un personnage de drame ni de roman, je suis... heu, je savais très bien ce que j'étais jusqu'à hier, mais maintenant, je me sens désemparé. Oui, c'est le mot, désemparé. Je suis là, assis, je lance des cailloux dans la mer, comme un petit enfant qui a perdu sa maman. Chacun est rentré chez soi depuis longtemps, le thé est pris, il est temps d'allumer la lampe. Il faudra aussi que je rentre à la maison tôt ou tard, je le vois bien, certes. En réalité, le croiriez-vous ? en ce moment même, je voudrais y être malgré tout. Que fait-elle ?... Je parle de ma femme. A-t-elle desservi, ou bien est-elle restée assise, les yeux fixés sur la table, après avoir repoussé les assiettes ? Mon Dieu ! Quand j'y pense j'ai envie de hurler comme un chien… vous me comprenez ?…

J'aurais dû savoir que tout était fini, ce matin, quand elle ne s'est pas levée pour le petit déjeuner. Je l'ai compris, en quelque manière, mais je n'ai pas pu regarder en face cette éventualité. J'ai eu l'impression que si je ne disais rien de particulier, si je traitais son malaise comme une forte migraine, si je partais au bureau, à mon retour, ce soir, le nuage se serait dissipé comme par enchantement. Non, ce n'est pas tout à fait cela ; je me suis senti, un peu comme en ce moment, « désemparé ». Que faire ?… Laisser les choses aller ; je ne trouvai pas d'autre solution. Je lui montai donc une tasse de thé et deux tranches minces de pain beurré, comme je fais lorsqu'elle a la migraine. Le store était encore baissé, elle était couchée sur le dos ; je crois qu'elle avait un mouchoir humide sur le front, je n'en suis pas sûr car j'étais incapable de la regarder, c'était stupide. Elle dit d'une petite voix étrange : « Mets le pot à eau sur la table, veux-tu ? » Je le posai et je demandai : « As-tu besoin de moi ? » Elle répondit : « Non, je serai tout à fait remise dans une demi-heure. »

Quelle voix !… C'en fut assez pour moi. Je

m'esquivai le plus vite possible, je saisis ma canne et mon chapeau accroché au portemanteau et je m'élançai vers le tramway.

Chose curieuse, vous me croirez si vous le voulez, je ne fus pas plus tôt hors de la maison que j'oubliai ma femme et le reste.

La matinée était splendide, douce. Le soleil faisait briller sur la mer des ailes d'argent. C'était une de ces matinées où l'on sent qu'il fera beau et chaud toute la journée. La sonnette du tramway elle-même rendait un son inaccoutumé et les petits écoliers, serrés entre les jambes des voyageurs, portaient des bouquets de fleurs. Je ne sais pas pourquoi... je n'arrive pas à comprendre pourquoi... je me sentais heureux, heureux comme je ne l'avais jamais été, fou de joie. Le vent qui avait été si fort la nuit précédente, soufflait encore un peu et j'avais l'impression qu'elle... l'autre... me touchait. Oui, la caresse du vent éveillait en moi la même impression, exactement. Si je vous disais à quel point je fus pris, vous me croiriez fou. Je me sentais plein d'insouciance... peu m'importait d'arriver en retard au bureau, j'avais envie de faire une amabilité à tous ceux que je rencontrais. Un gamin laissa tomber sa casquette, je la ramassai et la lui tendis en disant : « Tiens, fiston ! » Bref, j'eus toutes les peines du monde à ne pas me couvrir de ridicule.

Au bureau, il en fut exactement de même. Il me semblait que je n'avais encore jamais vu mes collègues. Quand le vieux Fisher s'approcha de mon bureau et y posa comme d'habitude deux pois de senteur géants, en disant : « Faites mieux, mon vieux, faites mieux ! » je ne fus pas contrarié. Peu m'importait qu'il fût gonflé d'orgueil à propos de son jardin. Je regardai les fleurs et je dis simplement : « Oui, cette fois vous y êtes. » Il n'y comprit rien et revint cinq minutes plus tard me demander si j'avais la migraine.

Il en fut de même toute la journée. Le soir, je me précipitai vers la maison avec le flot des employés qui rentraient chez eux ; je poussai la barrière du jardin, je vis que la porte du vestibule était ouverte comme toujours, je m'assis sur la petite chaise, à l'entrée, pour retirer mes bottines. Naturellement mes pantoufles étaient là, ce qui me parut bon signe. Je mis mes souliers sur le porte-chaussures, dans l'armoire, je changeai de veston et je me dirigeai vers la cuisine. Je savais que ma femme s'y trouvait.

Attendez un peu... il est une chose que je ne réussis pas à faire : je ne pus siffler comme de coutume : « Souvent la nuit je m'éveille et je songe que le travail est chose affreuse... » J'essayai, sans succès. J'ouvris la porte de la cuisine et je dis : « Bonsoir. Comment va-t-on ici ? » Mais aussitôt que j'eus prononcé ces mots, et même avant, je sentis que la catastrophe était arrivée. Ma femme était debout devant la table, elle tournait la salade. Elle leva les yeux et essaya de sourire en disant : « Bonsoir. » J'eus l'impression d'avoir reçu un coup de massue ! Ma femme était effrayante, il n'y a pas d'autre mot. Elle avait dû pleurer toute la journée. Elle s'était mis un peu de farine blanche sur la figure pour effacer les marques, ce qui la rendait plus affreuse encore. Elle dût voir que je remarquais quelque chose, car elle prit le pot, versa un peu de crème dans le saladier (comme elle fait toujours, vous savez, d'un geste vif, précis, qui lui est particulier) et elle se remit à tourner la salade. Je dis : « Est-ce que ta tête va mieux ? » Mais elle ne parut pas entendre. Elle dit : « Vas-tu arroser le jardin avant ou après le souper ? » Que dire ?... Je répondis : « Après », et je m'en fus dans la salle à manger ; j'ouvris le journal du soir et je m'assis près de la fenêtre ouverte... heu, je crois qu'en réalité je me cachais derrière le journal.

Je n'oublierai jamais ces minutes-là. Ceux qui descendaient la rue semblaient bien tranquilles. Un homme passa, conduisant des vaches, et moi... je l'enviai. Ma femme allait et venait, puis elle m'appela pour souper ; nous nous assîmes. Je crois que nous avons mangé de la viande froide et de la salade, je ne me souviens pas bien mais il me semble que c'était cela. Nous ne parlions ni l'un ni l'autre. C'est comme un rêve maintenant. Puis elle s'est levée, elle a changé les assiettes et elle est allée chercher le pudding dans l'office. Savez-vous quel pudding elle avait fait ? Oh ! naturellement, cela ne signifie rien pour vous. C'était mon préféré... celui qu'elle ne me faisait que dans les grandes circonstances... un pudding aux rayons de miel...

## CIEL SEREIN

Au petit déjeuner, ce matin-là, ils étaient d'humeur charmante. Qui donc en était cause, lui ou elle ?... Elle tenait, il est vrai, à être aussi attrayante que possible le matin ; elle jugeait que cela faisait partie de son devoir envers lui, envers leur amour, et elle portait de délicieux bonnets, d'amusantes petites vestes et des mules de couleur au petit déjeuner ; elle veillait aussi à ce que la table fut parfaite, au sens où lui et elle, couple raffiné, entendaient ce mot. Mais lui aussi, si frais, si soigné, si satisfait, apportait sa part à la joie commune... Elle était descendue la première ; elle était assise à sa place quand il entra dans la salle à manger. Se penchant sur le dossier de la chaise, il posa ses mains sur les épaules de sa femme ; il se pencha, frotta doucement sa joue contre la sienne et murmura doucement : « Donne-moi mon thé, chérie », elle sentit en lui une légère fierté de propriétaire qui la fit rougir de plaisir. Elle souleva la théière d'argent dont le couvercle portait une poire ciselée et lui versa son thé.

« Merci... Tu sais que tu es ravissante ce matin !

— C'est vrai ?

— Oui, recommence, regarde-moi encore. Quels yeux tu as !... On dirait des yeux d'enfant. Je n'ai jamais vu des yeux aussi brillants que les tiens.

— Oh ! mon Dieu ! Elle poussa un soupir de joie. J'adore m'entendre dire des choses agréables !

— Oui, c'est vrai, enfant gâtée ! Veux-tu un peu de cela ?

— Non, merci... Chéri ! » Sa main s'abattit sur celle de son mari. « Oui ?... »

Elle ne dit rien de plus, elle répéta seulement : « Chéri ! » Il avait cet air qu'elle aimait, un air doucement railleur. Il faisait semblant de ne pas comprendre ce qu'elle voulait dire, mais naturellement il comprenait très bien. Il faisait semblant de penser : « La voilà bien ! Fiez-vous à une femme ! Elle est toute prête à faire une scène d'amour passionné par-dessus la table du petit déjeuner, à neuf heures du matin. » Mais elle ne s'y laissait pas prendre, elle savait qu'il éprouvait exactement les mêmes sentiments qu'elle.

Cette indulgence amusée, ce désespoir simulé faisaient partie de l'attitude masculine, voilà tout !...

« Me permettras-tu de me servir de mon couteau ou de le reposer sur la table ? »

En vérité, Mona ne s'était encore jamais habituée au sourire de son mari. Ils étaient mariés depuis trois ans. Elle l'aimait pour d'innombrables raisons, mais, tout le reste mis à part, elle l'aurait aimé uniquement à cause de son sourire. Si ce n'avait pas paru absurde, elle aurait dit qu'elle avait le coup de foudre chaque fois qu'il souriait. D'autres personnes sentaient aussi le charme de ce sourire, d'autres femmes, elle en était certaine. Parfois il lui semblait que les domestiques guettaient ce sourire...

« N'oublie pas que nous allons au théâtre ce soir.

— Oh ! sapristi ! j'avais oublié. Il y a un siècle que nous ne sommes pas allés voir une pièce.

— Oui, n'est-ce pas, je me sens tout excitée.

— Tu ne trouves pas que nous pourrions avoir un tout petit petit extra à dîner ? »

(« Tout petit petit » était une expression à elle. Pourquoi semblait-elle si délicieuse quand il l'employait ?)

« Oui, c'est entendu. Tu veux dire du champagne ? » Elle regarda dans le vague et dit d'une voix lointaine : « Il faut aussi que je renouvelle les friandises. »

A ce moment la domestique entra apportant le courrier ; quatre lettres pour lui, trois pour elle. Non, une des siennes était à lui, une petite enveloppe assez malpropre portant au dos un cachet de cire.

« Pourquoi as-tu toutes les lettres ? gémit-elle en la lui tendant, c'est très injuste. J'aime tant les lettres et je n'en reçois jamais !

— Oh, j'aime bien cela ! dit-il. Comment oses-tu conter des énormités pareilles ? Rien de plus rare pour moi que de recevoir des lettres le matin. C'est toujours toi qui reçois de mystérieuses épîtres de tes anciennes compagnes de pension ou de vieilles tantes fanées. Tiens, prends la moitié de ma poire. C'est une merveille ! »

Elle tendit son assiette.

Les Rutherfords ne partageaient jamais leur correspondance. Elle avait voulu qu'il en fût ainsi. Il s'était fortement opposé à cette idée au début, et elle n'avait pu s'empêcher de rire, il s'était tellement mépris sur la raison.

« Bonté divine ! ma chérie, tu peux ouvrir toutes les lettres qui arriveront pour moi à la maison ou lire toutes celles que je pourrais laisser traîner. Je crois pouvoir te promettre...

— Ah ! non, mon chéri, ce n'est pas ce que je veux dire ; je ne te soupçonne pas. » Elle caressa les joues de son mari et l'embrassa rapidement, il avait l'air d'un petit garçon offensé.

« Mais tant de vieilles amies de maman m'écrivent, me font leurs confidences, tu sais, me racontent des choses qu'elles ne diraient pas pour un empire à aucun homme. Je sens que ce ne serait pas bien vis-à-vis d'elles ? »

A la fin il céda : « Je suis vieux jeu, dit-il cependant avec un sourire un peu triste, j'aimerais sentir que ma femme lit mes lettres.

— Mon amour chéri ! je t'ai fait de la peine. » Elle était toute repentante, sans trop savoir pourquoi.

« Bien sûr, j'aimerais lire...

— Non, non, c'est bien, c'est entendu. Nous respecterons le pacte. » Et ils l'avaient respecté.

Il ouvrit l'enveloppe malpropre et commença à lire. « Allons bon ! dit-il en avançant la lèvre inférieure.

— Quoi donc ? Qu'est-ce qu'il y a ? Quelque chose de terrible ?

— Non... d'ennuyeux... Je serai en retard ce soir. Quelqu'un veut me voir au bureau à six heures.

— C'était une lettre d'affaires ? Elle parut surprise.

— Oui, pourquoi ?

— Elle ressemblait si peu à une lettre d'affaires. Le cachet de cire et cette écriture si drôle... J'aurais cru que c'était d'une femme plutôt que d'un homme. »

Il se mit à rire. Il plia la lettre, la mit dans sa poche et ramassa l'enveloppe. « Oui, dit-il, c'est curieux, n'est-ce pas, je n'avais pas remarqué. Que tu es fine ! Mais on dirait absolument une écriture de femme. Cet R majuscule par exemple, il lui tendit l'enveloppe,

— Oui, et ce gribouillis au-dessous j'aurais pensé plutôt une femme peu cultivée...

— Eh bien, dit Hugh, c'est un ingénieur des mines. » Il se leva, commença à s'étirer et s'arrêta brusquement. « Ah! quelle matinée radieuse! Pourquoi faut-il que je sois obligé d'aller au bureau au lieu de rester à la maison m'amuser avec toi ? »

Il s'avança vers elle et noua ses bras autour de son cou. « Dis-moi cela, petite mignonne.

— Oh !... Elle s'appuya contre lui. Je voudrais bien que tu puisses rester, la vie est mal arrangée pour des gens comme nous. Et puis voilà que tu seras en retard ce soir.

— Tant pis, dit-il. Tout le reste du temps sera à toi, tout entier. Au retour du théâtre, nous ne trouverons pas notre perron couvert d'ingénieurs des mines. » Elle se mit à rire. Est-ce que d'autres ?... était-il possible que d'autres se soient jamais aimés comme ils s'aimaient. Elle pressa sa tête contre lui ; elle entendait le tic tac de sa montre, de sa chère montre !

« Comment s'appellent ces fleurs pourpres,

à larges pétales retombants, qui sont dans ma chambre ? murmura-t-il.

— Des pétunias.

— Tu sens tout à fait le pétunia. »

Il la fit lever, elle se serra contre lui.

« Embrasse-moi », dit-il.

***

Elle avait l'habitude de rester assise au bas de l'escalier pour observer ses derniers préparatifs de départ ; n'est-il pas étrange que l'on puisse trouver si palpitant de voir quelqu'un brosser son chapeau, choisir une paire de gants et jeter un dernier coup d'œil dans la glace ronde ?... Il en était de même quand il se rasait. Elle aimait alors se pelotonner sur le petit sofa dur, dans le cabinet de toilette ; elle était aussi absorbée, aussi attentive que lui. Il avait l'air fantastique, on eût dit un pierrot, un masque, avec ces sourcils noirs, ces yeux enfoncés et ces taches de couleur vive aux pommettes au-dessus de la mousse de savon ! Mais cette impression-là n'était pas la plus forte. Non, ce qu'elle éprouvait aussi sur l'escalier pourrait se traduire ainsi : Voici donc mon mari, voici l'homme que j'ai épousé, voici l'étranger qui est venu, traversant la pelouse un après-midi en balançant sa raquette et s'est incliné, en relevant ses manches de chemise. Il n'est pas seulement l'homme que j'aime, mon mari, il est mon frère, mon ami le plus cher, mon compagnon de jeux, et même parfois aussi une sorte de père idéal. Et c'est ici que nous habitons. Voici sa chambre... et voici notre vestibule. Elle semblait montrer leur maison et le montrer lui-même à l'autre moi, à l'être qu'elle était autrefois avant de le rencontrer. Avec une admiration profonde, avec un respect presque craintif, l'autre moi regardait ce bonheur...

« Est-ce que ça peut aller ? » Il était là debout, souriant, il caressait ses gants. Il n'aimait pas qu'elle lui fît les compliments qu'elle avait si souvent envie de lui faire sur son extérieur. Mais elle crut sentir, ce matin-là, chez lui une nuance de vanité enfantine. Les enfants qui se savent admirés regardent ainsi leur mère.

« Oui, ça peut aller... » A ce moment elle éprouva à son égard une sorte de fierté maternelle ; elle l'aurait presque béni avant de le laisser partir. Elle resta sur le porche, elle songeait : le voilà qui s'en va, l'homme que j'ai épousé, l'étranger qui est venu, traversant la pelouse...

C'était toujours, toujours aussi merveilleux, et même davantage encore peut-être ; la raison en était... Mona rentra dans la maison en courant, elle entra dans le salon et s'assit au piano.

Oh ! pourquoi s'embarrasser de raisons ?... Elle se mit à chanter :

« Vois, mon amour, je t'apporte des fleurs
« Pour charmer ta douleur ! »

Mais la joie, une joie ardente, triomphante, vibrait dans sa voix. Sur le mot « douleur », ses lèvres s'ouvrirent dans un sourire si heureux, si affreusement déplacé qu'elle en fut toute honteuse. Elle s'arrêta de jouer, fit demi-tour sur le tabouret et se trouva face à la pièce. Elle remarqua que le salon était tout différent le matin. Comme il avait l'air sévère, distant ! Les fauteuils gris aux coussins couleur de fuchsia, le tapis noir et or, les rideaux de soie d'un vert éclatant auraient pu appartenir à n'importe qui. On eût dit une scène de théâtre quand le rideau est encore baissé. Elle sentit qu'elle était une intruse et à cette pensée un étrange petit froid la saisit. Il semblait si étrange que quelque chose, ne fût-ce qu'un fauteuil, se détournât d'elle, ne répondît pas à son bonheur :

« Je n'aime pas cette pièce le matin, je ne l'aime pas du tout », pensa-t-elle, et elle monta l'escalier en courant pour aller finir sa toilette. Elle entra rapidement dans leur grande chambre à coucher pleine d'ombre... et se pencha sur les pétunias étoilés...

# VOYAGE DE NOCES

Et quand ils sortirent de chez la dentellière, leur cocher et la voiture qu'ils appelaient leur voiture, les attendaient sous un platane. Quelle chance ! N'était-ce pas une vraie chance ? Fanny pressa le bras de son mari. « Il semble que de pareilles choses nous arrivent constamment depuis que nous sommes... à l'étranger. Tu ne trouves pas ? » Mais Georges, debout sur le bord du trottoir, leva sa canne et poussa un « Hi » retentissant. Il avait une curieuse façon de héler les voitures, Fanny en était parfois un peu gênée, mais les cochers ne semblaient pas s'en offusquer. C'était sans doute très bien. Ces gros cochers souriants avaient bon caractère, ils serraient le petit journal qu'ils étaient en train de lire, enlevaient prestement au cheval sa couverture de coton et attendaient les ordres.

« Dis donc, si nous allions prendre le thé à l'endroit où se trouve le casier de homards, veux-tu ? dit Georges, aidant Fanny à monter.

— Oh, oui ! » s'écria Fanny avec ferveur. Elle s'assit au fond de la voiture. Pourquoi donc, songeait-elle, Georges a-t-il une façon de présenter les choses qui les rend si attrayantes ?

« Bien, dit-il en s'asseyant à côté d'elle. Allez ! » cria-t-il gaiement et ils partirent.

La voiture allait, rapide, légère, sous l'ombre verte et or des platanes, par les petites rues au parfum de citron et de café frais. Ils traversèrent la place ; autour de la fontaine, les femmes, portant leurs cruches d'eau, interrompirent leur bavardage pour les regarder passer. Ils dépassèrent le café aux parasols roses et blancs, aux tables vertes, aux siphons bleus et tournèrent pour gagner le bord de mer. Un vent léger et chaud courait sur l'immensité, il vint toucher Georges, il parut s'attarder sur Fanny, tandis que tous deux contemplaient l'eau éblouissante. Et Georges s'écria : « C'est réjouissant, tu ne trouves pas ? » Fanny, l'air rêveur, dit, comme elle le répétait au moins vingt fois par jour depuis qu'ils étaient... à l'étranger : « C'est extraordinaire, n'est-ce pas, de penser que nous sommes ici, tout seuls, loin de tout le monde ? Personne pour nous dire de rentrer, personne pour nous donner d'ordres, excepté nous. »

Georges avait renoncé depuis longtemps à répondre : « Extraordinaire ! » Généralement il se contentait de l'embrasser. Cette fois, il lui prit la main, la fourra dans sa poche, et, lui serrant les doigts, il dit : « J'avais coutume d'avoir une souris blanche dans ma poche quand j'étais gamin.

— C'est vrai ? dit Fanny qui s'intéressait immensément à tout ce que Georges avait jamais pu faire. Tu aimais beaucoup les souris blanches ?

— Assez », dit Georges sans conviction. Il regardait quelque chose s'agiter là-bas, derrière l'échelle des bains. Soudain il fit presque un bond sur la banquette : « Fanny, s'écria-t-il, il y a un individu qui se baigne là-bas. Vois-tu ? Je ne me doutais pas qu'on avait commencé, cela m'a manqué tous ces jours-ci. » Georges dévorait des yeux la face rougie du baigneur, ses bras rougis ; il ne pouvait en détacher son regard. « En tout cas, murmura-t-il, rien au monde ne m'empêchera d'y aller demain matin. »

Fanny sentit le cœur lui manquer. Elle avait entendu parler, tant de fois, des dangers épouvantables que présentait la Méditerranée. Un vrai guet-apens, cette belle Méditerranée perfide. Elle était étendue, pelotonnée devant eux et ses pattes blanches, soyeuses, caressaient la pierre d'un mouvement régulier...

Mais Fanny avait résolu, longtemps avant son mariage, qu'elle ne serait jamais de ces femmes qui entravent les plaisirs de leur mari. Elle dit simplement, d'un air détaché : « Je pense qu'il faut bien connaître les courants, tu ne crois pas ?

— Oh, je ne sais pas, dit Georges ; quand il s'agit de danger, les gens racontent tant de balivernes. »

A ce moment, ils longeaient, du côté opposé à la mer, un grand mur couvert d'héliotropes en fleurs. Fanny leva son petit nez : « Oh, Georges, murmura-t-elle, quel parfum ! C'est divin !...

— Chic villa, dit Georges. Regarde, on l'aperçoit à travers les palmiers.

— Tu ne trouves pas que c'est un peu grand ? » dit Fanny. Elle ne pouvait pas s'empêcher de voir, en chaque villa, une habitation possible pour elle et Georges.

« Évidemment il faudrait être très nombreux pour y séjourner longtemps, répondit Georges. Ce serait mortel autrement ! Mais c'est épatant. Je me demande à qui elle appartient. » Du bout de sa canne, il toucha le dos du cocher.

Le cocher, nonchalant et souriant, qui n'en savait rien du tout, répondit, comme il faisait toujours en pareille occurrence, que cette maison appartenait à une riche famille espagnole.

« Des masses d'Espagnols sur cette côte », remarqua Georges en se rasseyant au fond de la voiture. Ils se turent jusqu'au tournant, où le grand hôtel-restaurant, d'un blanc ivoire, apparut. Devant l'hôtel régnait une petite terrasse donnant sur la mer ; elle était plantée de palmiers touffus et garnie de tables. Quand Fanny et Georges approchèrent, de la terrasse et de l'hôtel, les garçons accoururent pour les recevoir, les accueillir, leur couper toute possibilité de retraite.

« Dehors ? »

Certes oui, ils allaient s'asseoir dehors. Le gérant luisant, qui ressemblait étonnamment à un poisson en redingote, se glissa en avant.

« Par ici, Monsieur ! Par ici Monsieur ! J'ai une très bonne petite table, disait-il tout haletant, juste la petite table qu'il vous faut, Monsieur. Là-bas, dans le coin. Par ici ! »

Ils le suivirent. Georges avait l'air horriblement ennuyé. Fanny s'efforçait de prendre l'allure d'une personne qui a passé des années de sa vie à se frayer un chemin entre des groupes d'étrangers. « Voici, Monsieur, vous serez très bien ici », dit le gérant d'une voix enjôleuse. Il saisit le vase posé sur la table, l'enleva en l'air et le reposa comme un petit bouquet tout frais tombé du ciel. Mais Georges refusa de s'asseoir tout de suite. Il pénétrait les pensées de ces individus, il n'allait pas se laisser faire... Ces gens-là sont toujours prêts à vous bousculer. Il mit ses mains dans ses poches et, très calme, il dit à Fanny : « Est-ce que cela te convient ? Aimerais-tu mieux être ailleurs ? Là-bas ? » Il désignait une table juste à l'autre extrémité de la terrasse.

Ce que c'est que d'être un homme du monde ! Fanny l'admirait profondément, mais elle ne demandait qu'à s'asseoir et à faire comme tout le monde.

« Je... celle-ci me plaît, dit-elle.

— Bon », dit Georges vivement. Il s'assit presque avant Fanny et dit très rapidement : « Deux thés et des éclairs au chocolat.

— Très bien, Monsieur », dit le gérant. Sa bouche s'ouvrit et de referma comme s'il s'apprêtait à replonger dans l'eau. « Vous ne voulez pas de toasts pour commencer ? Nous avons d'excellents toasts, Monsieur.

— Non, dit Georges d'une voix brève. Tu ne veux pas de toasts, Fanny ?

— Oh ! non merci, Georges, dit Fanny en priant le ciel pour que le gérant s'en allât.

— Peut-être Madame aimerait-elle jeter un coup d'œil au casier de homards vivants, en attendant le thé ? »

Il grimaça, sourit avec affectation et fit battre sa serviette comme une nageoire. Le visage de Georges devint de marbre. Il répéta « Non » et Fanny se pencha sur la table pour déboutonner ses gants. Quand elle leva les yeux, l'homme était parti. Georges ôta son chapeau, le jeta sur une chaise et se passa la main sur les cheveux.

« Ouf ! dit-il, cet individu est parti. Ces étrangers m'assomment. Le seul moyen de se débarrasser d'eux c'est de couper court à la conversation, comme tu m'as vu faire. Ouf ! » soupira Georges une seconde fois. Il avait l'air très ému et si Fanny n'avait senti combien c'était ridicule, elle se serait imaginé que lui aussi, tout comme elle, avait eu peur du gérant.

A ce moment, elle éprouva un élan d'amour pour Georges. Ses mains étaient posées sur la table, ses grandes mains brunes qu'elle connaissait si bien. Elle eut bien envie d'en saisir une et de la serrer très fort. A son grand étonnement, Georges fit précisément ce qu'elle avait envie de faire. Il se pencha sur la table, posa sa main sur celle de Fanny et dit sans la regarder : « Fanny, ma petite Fanny chérie !

— Oh, Georges ! » En cette minute céleste, Fanny entendit un *ti-ti tala-tala* et un petit arpège. On va faire de la musique, pensa-t-elle ; mais la musique importait peu en cet instant, rien n'importait que l'amour. Avec un léger sourire, elle contemplait le visage de Georges qui souriait légèrement et elle éprouva une telle béatitude qu'elle eut envie de lui dire : « Restons ici, où nous sommes, à cette petite table ; c'est idéal et la mer est idéale. Restons. » Mais son regard se fit grave.

« Chéri, dit-elle, j'ai quelque chose d'extrêmement important à te demander. Promets-moi de me répondre. Promets.

— Je promets, dit Georges, trop solennel pour être tout à fait aussi sérieux qu'elle.

— Voici. »

Fanny s'arrêta un instant, baissa les yeux, puis les releva. « Est-ce que tu sens, dit-elle doucement, que tu me connais maintenant vraiment ? Mais, vraiment, que tu me connais ? »

C'en était trop pour Georges. S'il connaissait sa Fanny ! Il fit une large grimace enfantine. « Je crois bien que oui ! dit-il avec emphase. Pourquoi ? qu'est-ce qui arrive ? »

Fanny sentit qu'il n'avait pas tout à fait compris. Elle continua rapidement : « Je veux dire ceci : très souvent les gens, même quand ils s'aiment, ne semblent pas se... se... c'est si difficile à dire... se connaître parfaitement. Ils ne paraissent pas le désirer et je trouve que c'est affreux. Ils se comprennent mal sur les points les plus importants. Fanny avait l'air horrifiée. Georges, cela ne pourrait pas nous arriver, n'est-ce pas ? Ce n'est pas possible.

— Impossible », s'écria Georges en riant. Au moment où il allait dire à Fanny combien il aimait son petit nez, le garçon arriva, apportant le thé, et l'orchestre se mit à jouer. Il se composait d'une flûte, d'une guitare et d'un violon. Il jouait quelque chose de très gai et Fanny eut l'impression que si elle ne faisait pas bien attention les tasses et les soucoupes allaient avoir des ailes et s'envoler.

Georges absorba trois éclairs au chocolat, Fanny deux. Le thé avait un drôle de goût. « Du homard dans la bouillotte », cria Georges par-dessus la musique. Il était bon quand même. Quand le plateau fut écarté, Georges se mit à fumer et Fanny se sentit le courage de regarder autour d'elle. L'orchestre, groupé sous les arbres sombres, la fascinait par-dessus tout. Le gros homme qui pinçait de la guitare formait un tableau à lui tout seul. L'homme noir qui jouait de la flûte levait continuellement les sourcils comme s'il était surpris des sons qui sortaient de son instrument. Le violoniste était dans l'ombre.

La musique cessa, aussi brusquement qu'elle avait commencé.

Fanny aperçut alors un grand vieillard à cheveux blancs, debout près des musiciens. Chose curieuse, elle ne l'avait pas encore remarqué. Il portait un col haut, empesé, un veston verdi aux coutures et des bottines à boutons outrageusement usées. Était-ce un autre gérant ? Il n'avait pas l'air d'un gérant et pourtant il était là, debout, il regardait dans le vague, par-dessus les tables, il semblait penser à autre chose, très loin de tout ce qui l'entourait. Qui pouvait-il être?...

Un instant après, tandis que Fanny le contemplait, il toucha du bout de ses doigts les pointes de son faux col, toussa légèrement et se tourna à demi vers l'orchestre qui se remit à jouer. Il lança dans les airs, il lança comme vers une présence invisible quelque chose d'impétueux, de téméraire, plein de feu, de passion. Le vieillard joignit les mains et, regardant toujours dans le lointain, il commença à chanter.

« Seigneur ! » s'écria Georges. Tout le monde semblait également stupéfait. Même les petits enfants qui mangeaient des glaces regardaient avec ébahissement, la cuiller en l'air... On n'entendait rien qu'une voix faible, grêle, une ombre de voix qui chantait quelque chose en espagnol. Elle hésitait, s'élançait, atteignait les notes élevées, retombait, semblait implorer, supplier, mendier quelque chose ; puis le ton changeait, elle était résignée, elle s'inclinait, elle savait qu'on avait repoussé sa demande. Presque avant la fin, un petit enfant poussa un éclat de rire aigu ; tout le monde sourit, sauf Fanny et Georges. Est-ce que la vie ressemble aussi à cela ? pensait Fanny. Il existe de pareilles gens. La souffrance existe. Elle contemplait la mer splendide, qui semblait envelopper la terre avec amour, le ciel, brillant de cet éclat qui précède le soir. Elle et Georges avaient-ils le droit d'être si heureux ? N'était-ce pas cruel ? Autre chose dans la vie devait rendre tout cela possible. Qu'était-ce ? Elle se tourna vers Georges.

Mais Georges n'avait pas éprouvé la même impression que Fanny. La voix du pauvre vieux était drôle en un sens, pensait-il, mais, Dieu ! à l'entendre, comme on sentait ce qu'il y a de terrifiant à se trouver au début de tout, comme ils étaient, Fanny et lui ! Georges aussi contemplait l'eau étincelante, palpitante et ses lèvres s'ouvraient comme pour la boire. Qu'elle était belle! Seule la mer vous donne cette impression de vigueur. Et puis Fanny était là, sa Fanny, penchée en avant ; elle respirait tout doucement.

« Fanny ! » appela Georges. Elle tourna vers lui son doux regard rêveur et Georges se sentit à deux doigts de sauter par-dessus la table et de l'emporter dans ses bras.

« Dis donc, murmura Georges rapidement, partons, veux-tu ? Rentrons à l'hôtel. Viens, viens, Fanny chérie. Partons tout de suite. »

L'orchestre se remit à jouer. « Oh, Seigneur ! dit Georges presque dans un gémissement. Partons avant que le vieux bonhomme recommence à brailler. »

Un instant plus tard, ils étaient partis.

FIN

# TABLE DES MATIÈRES

PENSION ALLEMANDE


Allemands à table . . . . . . . . . . . . . . 11
Le Baron . . . . . . . . . . . . . . . . . 19
La Sœur de la Baronne . . . . . . . . . . . . 27
Frau Fischer . . . . . . . . . . . . . . . . 37
Frau Brechenmacher assiste à un mariage . . . . . . 49
L'Ame moderne . . . . . . . . . . . . . . . 61
Chez Lehmann . . . . . . . . . . . . . . . 77
Luft Bad . . . . . . . . . . . . . . . . . 91
Un Jour de naissance . . . . . . . . . . . . 99
L'Enfant-Qui-Était-Fatiguée . . . . . . . . . . 117
La Dame Avancée . . . . . . . . . . . . . . 131
L'Oscillation du Pendule . . . . . . . . . . . 149
La Flambée . . . . . . . . . . . . . . . . 169


NOUVELLES DIVERSES
tirées du NID DE COLOMBES


Histoire d'un homme marié . . . . . . . . . . . 181
Veuve . . . . . . . . . . . . . . . . . . 209
Une mauvaise idée . . . . . . . . . . . . . . 219
Ciel serein . . . . . . . . . . . . . . . . 225
Voyage de Noces . . . . . . . . . . . . . . 235

ACHEVÉ D'IMPRIMER
EN FÉVRIER 1991
SUR LES PRESSES DE
L'IMPRIMERIE HÉRISSEY
À ÉVREUX (EURE)
POUR LE COMPTE DES ÉDITIONS STOCK
22, AVENUE PIERRE-I$^{er}$-DE-SERBIE, 75116 PARIS

*Imprimé en France*

Nº d'Éditeur : 1580
Nº d'Imprimeur : 53762
Dépôt légal : février 1991
54-12-3338-04
ISBN 2-234-01697-5

H/54-3338-8